URSULA K. LE GUIN

FLORESTA É O NOME DO MUNDO

URSULA K. LE GUIN

FLORESTA É O NOME DO MUNDO

Tradução
Heci Regina Candiani

MORROBRANCO
EDITORA

Copyright © 1972 por Ursula K. Le Guin

Título original: The Word for World is Forest

Direção editorial: Victor Gomes
Tradução: Heci Regina Candiani
Preparação: Bárbara Prince
Revisão: Cintia Oliveira
Design de capa e projeto gráfico: Paula Cruz
Diagramação: Beatriz Borges

Esta é uma obra de ficção. Nomes, personagens, lugares, organizações e situações são produtos da imaginação do autor ou usados como ficção. Qualquer semelhança com fatos reais é mera coincidência.

Todos os direitos reservados. Proibida a reprodução, no todo ou em partes, através de quaisquer meios. Os direitos morais do autor foram contemplados.

Dados Internacionais de Catalogação na Publicação (CIP)

L521f Le Guin, Ursula K.
Floresta é o nome do mundo / Ursula K. Le Guin; Tradução: Heci Regina Candiani. – São Paulo: Editora Morro Branco, 2020.
p. 160; 14x21cm.

ISBN: 978-65-86015-09-6

1. Literatura americana – Romance. 2. Ficção científica – Romance. I. Candiani, Heci Regina. II. Título.
CDD 813

Todos os direitos desta edição reservados à:
EDITORA MORRO BRANCO
Alameda Santos, 2223, 7º andar
01419-101 – São Paulo, SP – Brasil
Telefone (11) 3373-8168
www.editoramorrobranco.com.br

Impresso no Brasil
2025

Para Jean, que foi na frente

CAPÍTULO 1
8

CAPÍTULO 2
30

CAPÍTULO 3
52

CAPÍTULO 4
74

CAPÍTULO 5
86

CAPÍTULO 6
108

CAPÍTULO 7
130

CAPÍTULO 8
152

Dois trechos do dia anterior surgiram na mente do capitão Davidson assim que acordou, e ele ficou deitado no escuro por algum tempo analisando-os. Um era positivo: a chegada de uma nova leva de mulheres. Difícil de acreditar. Elas estavam lá, em Centralville, a 27 anos-luz de distância da Terra, vindas a QUAVEL, e a quatro horas de gafanhoto, como chamavam os helicópteros para curta distância, da Base de Smith. O segundo grupo de fêmeas reprodutoras para a Colônia de Novo Taiti, todas saudáveis e imaculadas, 212 cabeças da melhor linhagem humana. Ou, em todo caso, de uma linhagem boa o suficiente. O outro trecho era adverso: o relatório da Ilha da Desova sobre a quebra das safras e a erosão em larga escala, uma destruição. A fileira de 212 corpos pequenos, rechonchudos e peitudos dispostos a ir para a cama desapareceu da mente de Davidson quando ele pensou na chuva despencando sobre a terra lavrada, açoitando-a até virar uma lama que era reduzida a um caldo vermelho e escorria pelas pedras e encontrava o mar fustigado pelo temporal. A erosão tinha começado antes de ele sair da Ilha da Desova para comandar a Base de Smith e, por ter como dom uma memória visual fora do comum, do tipo que era chamada fotográfica, ele agora conseguia recordar de tudo com clareza. Aparentemente aquele mandão do Kees estava certo e era preciso deixar muitas árvores em pé no local em que planejavam estabelecer fazendas. Mas ele ainda não conseguia entender por que uma fazenda de cultivo de soja precisava desperdiçar tanto espaço com árvores se o solo, na verdade, era cientificamente controlado. Não era assim em Ohio: se você queria milho, plantava milho e nenhum espaço era desperdiçado com árvores e tal. Por outro lado, a Terra era um planeta domesticado e Novo Taiti não. Era para isso que ele estava ali: domesticá-lo. Se agora a Ilha da Desova era apenas rochas e crateras, bastava riscá-la do mapa, começar de novo em uma nova ilha e fazer as coisas direito. Não seremos detidos assim, somos Homens. Logo você vai aprender o que isso significa, seu planeta maldito e miserável, pensou Davidson e deu um sorriso irônico na escuridão da cabana, porque gostava de mudanças. Ao refletir sobre os Homens, ele pensou nas Mulheres, e de novo a fileira de corpos começou a dominar sua mente, sorrindo, ondulando.

— Ben! — ele berrou, sentando-se e remexendo os pés descalços no piso cru. — Esquente a água, vamos-ande-logo!

O berro o despertou de maneira satisfatória. Ele se alongou e coçou o peito, vestiu os shorts e saiu da cabana a passadas largas rumo à luz do sol, tudo isso em uma sequência de movimentos sem esforço. Um homem grande, de músculos sólidos, que gostava de usar seu corpo bem treinado. Ben, o creechie dele, já tinha a água pronta, evaporando acima do fogo, como de costume, e estava agachado, olhando para o nada, como de costume. Os creechies nunca dormiam, apenas se sentavam olhando o nada.

— Café da manhã. Vamos-ande-logo! — Davidson disse, pegando a navalha da mesa de madeira rústica onde o creechie a deixara, junto a uma toalha e um espelho escorado.

Havia muito a ser feito no dia, visto que ele tinha decidido, um minuto antes de se levantar, que voaria até Central para ver com os próprios olhos as mulheres recém-chegadas. Elas não durariam muito tempo: 212 no meio de mais de mil homens... e, como na primeira leva, a maioria delas eram Noivas Coloniais; apenas vinte ou trinta tinham vindo como Recreadoras, mas aquelas bonecas eram moças gulosas e, dessa vez, ele pretendia ser o primeiro da fila com pelo menos uma delas. Deu um sorrisinho para a esquerda. O lado direito do rosto permaneceu rijo sob o chiado da navalha.

O velho creechie estava andando para lá e para cá, demorando uma hora para trazer o café da manhã da cabana que servia de cozinha.

— Vamos-ande-logo! — Davidson gritou, e Ben forçou o passo frouxo a se tornar caminhada. Ben tinha mais ou menos um metro de altura e o pelo de suas costas estava mais para branco do que para verde. Era velho e lerdo, até mesmo para um creechie, mas Davidson sabia como lidar com eles, poderia domesticar qualquer um da espécie, se o esforço valesse a pena. Mas não valia. Trazendo humanos suficientes, fazendo máquinas e robôs, estabelecendo fazendas e cidades, ninguém precisaria mais dos creechies. O que também seria conveniente. Porque aquele mundo, Novo Taiti, era totalmente feito para homens. Organizando e limpando, derrubando as florestas sombrias para a plantação de grãos, eliminando a escuridão, a selvageria e a ignorância primitivas, aquilo seria um paraíso, um verdadeiro Éden. Um mundo melhor do que a Terra devastada. E seria o mundo dele. Porque, bem lá no fundo, Don Davidson era isso: um domesticador de mundos. Não era um homem prepotente, mas conhecia a própria magnitude. Por acaso, fora feito assim. Sabia o que queria e como consegui-lo. E sempre conseguia.

O café da manhã caiu bem em seu estômago. O bom humor não foi estragado nem pela visão do gordo, branquelo e preocupado do Kees Van Sten, vindo em sua direção com os olhos saltados como duas bolas de golfe azuis.

— Don — disse Kees, sem cumprimentá-lo —, os lenhadores andaram caçando veados nas Faixas outra vez. Tem dezoito pares de chifres no quartinho dos fundos do Salão.

— Ninguém nunca impediu os caçadores clandestinos de caçarem clandestinamente, Kees.

— Você pode impedi-los. É para isso que vivemos sob lei marcial, é para isso que o Exército administra esta colônia. Para garantir o cumprimento das leis.

Um ataque frontal do Mandachuva Gorducho! Era quase engraçado.

— Certo — disse Davidson, em tom sensato. — Eu poderia impedi-los. Mas veja, é dos homens que estou cuidando, é meu trabalho, como você falou. E são os homens que contam. Não os animais. Então, se um pouco de caça ilícita os ajuda a suportarem essa vida infernal, vou fazer vista grossa. Eles precisam de algum entretenimento.

— Eles têm jogos, esportes, hobbies, filmes, gravações de todos os principais eventos esportivos dos últimos cem anos, bebidas, maconha, ácidos e uma leva fresquinha de mulheres em Central, para os insatisfeitos com os arranjos nada criativos de homossexualidade higiênica do Exército. Seus heróis exploradores são mimados demais e não precisam exterminar uma espécie nativa rara "por entretenimento". Se você não agir, vou precisar registrar uma infração grave dos Protocolos Ecológicos em meu relatório para o capitão Gosse.

— Pode fazer isso se considerar adequado, Kees — disse Davidson, que jamais se descontrolava. Era meio patético o modo como um europeu como Kees ficava com o rosto todo vermelho quando perdia o controle das emoções. — Afinal, é o seu trabalho. Não vou me ressentir com você, eles podem discutir isso em Central e decidir quem está certo. Veja, Kees, na verdade você quer manter este lugar exatamente como é. Parecido com uma grande área de preservação florestal. Olhar para ele, estudá-lo. Ótimo, você é o entendido. Mas, veja, somos só uns caras comuns fazendo nosso trabalho. A Terra precisa de madeira, precisa demais. Nós encontramos madeira em Novo Taiti. Portanto... somos lenhadores. Entenda, a diferença entre nós é que, para você, na verdade, a Terra não vem em primeiro lugar. Para mim, vem.

Kees encarou-o de lado com aqueles olhos de bola de golfe azuis.

— Vem mesmo? Você quer fazer este mundo à imagem e semelhança da Terra, né? Um deserto de cimento?

— Kees, quando digo Terra, quero dizer pessoas. Os homens. Você se preocupa com veados, árvores e cânhamo, tudo bem, é o que interessa para você. Mas eu gosto de colocar as coisas em perspectiva, de cima para baixo, e em cima, até o momento, estão os humanos. Agora nós estamos aqui, por isso este mundo vai funcionar do nosso jeito. Goste ou não, é um fato que você vai ter que encarar, acontece que é assim que são as coisas. Escute, Kees, vou dar um pulo em Central e dar uma olhada nas novas colonas. Quer vir comigo?

— Nao, obrigado, capitão Davidson — disse o entendido, indo na direção da cabana-laboratório. Estava furioso. Todo irritado por causa daqueles veados malditos. Tudo bem, eram mesmo belos animais. A memória vívida de Davidson o fez lembrar do primeiro que viu, ali no território de Smith, um grande vulto vermelho, dois metros até os ombros, uma coroa de chifres estreitos e dourados, uma fera veloz e intrépida, a mais admirável presa de caça que se poderia imaginar. Agora, lá na Terra, nas Montanhas Rochosas e nos parques himalaios, eram usados veados-robôs porque os verdadeiros estavam quase extintos. Aquelas criaturas eram o sonho dos caçadores. Portanto, seriam caçadas. Que inferno, até os creechies selvagens, com as porcarias de seus arcos, as caçavam. Os veados tinham que ser caçados, porque era para isso que serviam. Mas o pobre coração mole do Kees não conseguia ver isso. Na verdade, ele era um camarada inteligente, mas não era realista, não era pragmático o suficiente. Não conseguia enxergar que é preciso entrar no jogo do lado que está vencendo, do contrário você perde. E é sempre o Homem que vence. O velho Conquistador.

Davidson atravessou a base com passadas largas, o sol da manhã em seus olhos e o cheiro de madeira serrada e lenha queimada no ar quente. As coisas pareciam bastante organizadas para uma base de corte de madeira. Os duzentos homens que estavam ali tinham dominado uma boa porção de natureza selvagem em apenas três meses-T. Aquela era a Base de Smith: umas poucas coberturas plásticas geodésicas, quarenta cabanas feitas de tábuas por mão de obra creechie, a serraria, o incinerador soltando um rastro de fumaça azulada sobre vários hectares de troncos e lenha cortada; no alto da colina, o campo de pouso e um grande hangar pré-fabricado para gafanhotos e maquinário pesado. Isso era tudo. Mas quando chegaram ali, não havia nada. Árvores. Um amontoado, emaranhado e embolado de árvores, interminável, insignificante. Um rio vagaroso coroado e sufocado por árvores, algumas tocas de creechies escondidas entre a vegetação, alguns veados-vermelhos, macacos peludos, pássaros. E árvores. Raízes, caules, galhos, ramos, folhas acima da cabeça, sob os pés, sobre o rosto e os olhos, folhas que não acabavam nunca em árvores que não acabavam nunca.

Novo Taiti era, em sua maior parte, água: mares rasos e quentes interrompidos aqui e ali por recifes, ilhotas, arquipélagos e as cinco grande superfícies em arco que ocupavam 2,5 mil quilômetros no Quadrante Noroeste do planeta. E todas essas erupções e bolhas de solo eram cobertas de árvores. Oceano: floresta. Em Novo Taiti, essas eram as opções: água e sol ou escuridão e folhas.

Mas agora os homens estavam ali para pôr fim à escuridão e transformar o emaranhado de árvores em tábuas bem serradas que, na Terra, eram mais valiosas do que ouro. Literalmente. Porque ouro podia ser extraído da água do mar ou do solo abaixo do gelo da Antártica, mas a madeira, não. Madeira só vinha de árvores. E era um luxo realmente necessário na Terra. Por isso, as florestas alienígenas se tornavam madeira. Em três meses, com serras robotizadas e caminhões, os duzentos homens já tinham cortado uma extensão de quase treze quilômetros das Faixas do território de Smith. Os tocos da Faixa mais próxima à base já estavam esbranquiçados e queimados; depois de tratados quimicamente, teriam se desfeito em cinzas férteis quando os colonizadores permanentes, os agricultores, chegassem para se estabelecer no território de Smith. Os agricultores teriam apenas que plantar as sementes e esperar que germinassem.

Isso já fora feito uma vez. Era um fato estranho e, na verdade, a prova de que Novo Taiti fora feito para a dominação humana. Tudo ali viera da Terra, havia cerca de um milhão de anos, e a evolução seguira um curso tão parecido que as coisas eram imediatamente reconhecíveis: pinheiro, carvalho, nogueira, castanheiro, abeto, azevinho, macieira, freixo, veado, pássaro, rato, gato, esquilo, macaco. Em Hain-Davenant, claro, os humanoides afirmaram que fizeram Novo Taiti ao mesmo tempo em que colonizaram a Terra, mas quem prestasse atenção naqueles

ETs descobriria que eles afirmavam ter povoado cada planeta da galáxia e inventado tudo, do sexo às tachinhas. As teorias sobre Atlântida eram muito mais realistas e aquela bem poderia ser uma colônia de Atlântida. Mas ali os seres humanos tinham sido extintos. E as criaturas mais próximas que se desenvolveram da linhagem do macaco para substituí-los foram os creechies, com um metro de altura e cobertos de pelos verdes. Como extraterrestres, eram quase típicos, mas como homens, eram um fracasso; simplesmente não se saíram bem. Dando a eles mais um milhão de anos, quem sabe. Mas os Conquistadores tinham chegado antes. A evolução, agora, não avançava ao ritmo da mutação aleatória uma vez a cada milênio, mas à velocidade das naves espaciais da Frota Terrana.

— Ei, capitão!

Davidson se virou, em uma reação com apenas um milésimo de segundo de atraso, mas era um atraso suficiente para aborrecê-lo. Havia algo naquele maldito planeta, sua luz do sol dourada e seu céu nebuloso, suas brisas cheirando a folhas em decomposição e pólen, algo que causava devaneios. A pessoa vagava de um lado para o outro pensando em conquistadores, destino e essas coisas, até começar a agir de um modo tão pesado e lerdo como o dos creechies.

— Dia, Ok! — disse ele em um tom animado para o supervisor de corte.

Negro e forte como um cabo de aço, Oknanawi Nabo era, fisicamente, o oposto de Kees, mas tinha o mesmo olhar preocupado.

— Tem meio minuto?

— Claro! O que está consumindo você, Ok?

— Os bostinhas.

Eles se recostaram em uma cerca de madeira rachada. Davidson acendeu seu primeiro cigarro de haxixe do dia.

Oblíqua e azulada pela fumaça, a luz do sol cortava o ar. A floresta por trás do acampamento, uma faixa intacta de 1,5 quilômetro, estava repleta dos sons vagos, incessantes, dos estalos, grasnados, alvoroço, zumbidos nítidos que enchem a mata pela manhã. Poderia estar em Idaho, 1950, aquela clareira. Ou em Kentucky, 1830. Ou na Gália, 50 a.C. "Ti-uí", fez um pássaro ao longe.

— Quero me livrar deles, capitão.
— Os creechies? Como assim, Ok?
— Deixá-los ir. Não consigo fazê-los trabalhar o suficiente na serraria para compensar o próprio sustento. Ou a maldita dor de cabeça que dão. Simplesmente não trabalham.
— Trabalham se você souber como fazê-los trabalhar. Eles construíram a base.

O rosto obsidiano de Oknanawi era hostil.

— Bom, você pegou o jeito com eles, eu não. — Ele fez uma pausa. — Naquele curso de História Aplicada que fiz no treinamento para estrangeiros, falaram que a escravidão nunca deu certo. Era pouco rentável.

— Certo, mas isso não é escravidão, querido Ok. Escravos são humanos. Quando você cria vacas, você chama isso de escravidão? Não. E funciona.

Indiferente, o supervisor de corte assentiu, mas acrescentou:

— Eles são pequenos demais. Tentei deixar os mal-humorados passarem fome. Eles simplesmente se sentam e passam fome.

— Certo, eles são pequenos, mas não deixe que o enganem, Ok. Eles são durões, têm uma resistência incrível e não sentem dor como os seres humanos. É disso que você se esquece, Ok. Você pensa que bater em um deles é mais ou menos como bater em uma criança. Acredite em mim, pelo que eles sentem, é mais como bater em um robô. Olha, você trepou com algumas das fêmeas, sabe que elas parecem não sentir nada, nenhum prazer, nenhuma dor, só ficam deitadas como colchões, não importa o que você faça. São todos assim. Devem ter nervos mais primitivos do que os dos humanos. Como peixes. Vou contar uma coisa esquisita sobre isso. Uma vez, quando eu estava em Central, antes de vir para cá, um dos machos domesticados me atacou de surpresa. Eu sei que todos eles vão lhe dizer que nunca lutam, mas esse ficou doido, maluco de vez, e sorte a minha que ele não estava armado, ou teria me matado. Quase precisei acabar com ele antes que desistisse. E ele continuou insistindo. A surra que levou foi inacreditável e ele nem sentiu. Como algum tipo de besouro em que você precisa continuar pisando porque ele não sabe que já foi esmagado. Olhe só para isso. — Davidson abaixou sua cabeça de cabelos raspados para mostrar uma protuberância atrás de uma das orelhas. — Quase tive uma concussão. E ele fez isso depois que eu quebrei o braço e soquei a cara dele até virar geleia de amora. Ele continuou insistindo. A questão, Ok, é que os creechies são preguiçosos, são lerdos, são desleais, e não sentem dor. Você precisa ser durão com eles, do começo ao fim.

— Eles não valem o esforço, capitão. Malditos bostinhas verdes mal-humorados, eles não querem lutar, não querem trabalhar, não querem nada. Só me irritar. — Havia certa cordialidade na reclamação de Oknanawi, mas isso não escondia a teimosia que havia por detrás. Não espancaria os creechies, porque eles eram muito menores; isso estava claro para ele, e agora Davidson compreendia e aceitava esse fato. Sabia como lidar com seus homens.

— Olhe, Ok. Tente o seguinte. Escolha os líderes e diga que vai lhes dar uma dose de alucinógeno. Mesca, LSD, qualquer um, não veem diferença entre um e outro. Mas têm medo deles. Não exagere e vai dar certo. Garanto.

— Por que eles têm medo de alucinar? — o supervisor perguntou, curioso.

— Como vou saber? Por que as mulheres têm medo de ratos? Não espere bom-senso dos creechies e das mulheres, Ok! E por falar nelas, hoje de manhã estou a caminho de Central, devo escolher uma garota colona para você?

— Guarde algumas para mim, até acabar meu turno — disse Ok, com um sorrisinho.

Um grupo de creechies passou carregando uma longa viga de 30 × 30 para a Sala de Recreação que estava sendo construída perto do rio. Figurinhas lentas, trôpegas, levavam a enorme viga com esforço, como uma carreira de formigas com uma lagarta, mal-humorados e inábeis. Oknanawi os observou e disse:

— É fato, capitão, eles me dão calafrios.

Aquilo, vindo de um cara forte e calado como Ok, era estranho.

— Bom, na verdade, Ok, eu concordo com você. Eles não valem o esforço, ou o risco. Se aquele chato do Lyubov não estivesse por perto e o coronel não fosse tão fissurado em seguir o Protocolo, acho que poderíamos simplesmente fazer uma limpeza nas áreas que colonizamos em vez desse procedimento de Trabalho Voluntário. Mais cedo ou mais tarde, eles vão ser eliminados, bem que poderia ser mais cedo. É assim que são as coisas. As raças primitivas sempre devem ceder espaço às civilizadas. Ou devem ser assimiladas. Mas com toda certeza não podemos assimilar um monte de macacos verdes. E, como você diz, eles só são inteligentes o suficiente para nunca serem totalmente confiáveis. Como aqueles macacos grandes que viviam na África, como era o nome deles?

— Gorilas?

— Isso. Ficaríamos melhor sem os creechies aqui, assim como ficamos melhor sem os gorilas na África. Estão no nosso

caminho... Mas o tapado do papai Ding Dong manda usar mão de obra creechie, então usamos mão de obra creechie. Por enquanto. Tudo bem? Vejo você à noite, Ok.
— Certo, capitão.

Davidson registrou a saída do gafanhoto no QG da Base de Smith: um cubo de quatro metros feito de tábuas de pinho com duas mesas e refrigeração a água. O tenente Birno estava consertando um walkie-talkie.
— Não deixe a base pegar fogo, Birno.
— Traz uma colona para mim, capitão. Loira, 85-60-90.
— Caramba, só isso?
— Gosto das esbeltas, não das rechonchudas, entende. — De modo ilustrativo, Birno traçou sua preferência no ar.

Com um sorrisinho, Davidson subiu para o hangar. Enquanto passava de gafanhoto sobre a base, observou-a do alto: blocos de brinquedo, linhas esboçando os caminhos, clareiras com tocos remanescentes, todas encolhendo enquanto a máquina subia e ele olhava as florestas intactas da imensa ilha, e para além do verde-escuro, o verde-claro do mar, que não acabava nunca. Agora, a Base de Smith parecia um ponto amarelo, uma mancha em um imenso tapete verde.

Atravessou o Estreito de Smith, as margens cobertas de árvores e sulcos profundos do Norte da ilha de Central e desceu em Centralville por volta do meio-dia. Aquela parecia uma cidade grande, ao menos depois de três meses na floresta; tinha ruas de verdade, edifícios de verdade, e aquilo existia desde que a colônia começara, havia quatro anos. Ninguém compreendia o que era, realmente, uma cidade colonizadora até olhar cerca de um quilômetro para o Sul e ver, cintilando acima das planícies e dos blocos de concreto, uma torre dourada, solitária, mais alta do que qualquer coisa em Centralville. A nave não era das grandes, mas ali parecia enorme. E era apenas um ônibus espacial, um módulo de desembarque, como o bote de um navio. A nave QUAVEL daquela linha, a *Shackleton*, orbitava meio milhão de quilômetros acima. O ônibus espacial era só uma pitada, só uma pontinha da grandiosidade, do poder, da precisão e do esplendor áureos da tecnologia de conexão estelar da Terra. Por isso, diante da visão da nave que vinha de sua terra natal, lágrimas brotaram brevemente nos olhos de Davidson. Ele não tinha vergonha daquilo. Era um homem patriota, simplesmente era seu jeito de ser.

Caminhando pelas ruas daquela cidade colonizadora, com suas vistas amplas sem quase nada em cada extremidade, ele começou a sorrir. Porque as mulheres estavam mesmo ali e dava para ver que eram jovens. A maioria delas usava longas saias justas, sapatos grandes parecidos com galochas e blusas vermelhas, roxas, douradas ou prateadas com babados. Não dava mais para ver os mamilos. A moda tinha mudado, uma pena. Todas estavam com os cabelos presos no alto da cabeça, provavelmente com aquele spray grudento que usavam. Feio de doer, mas era o tipo de coisa que apenas mulheres faziam com seus cabelos, por isso era provocante. Davidson sorriu para uma euraf de peitos avantajados que tinha mais cabelos do que cabeça; ele não recebeu um sorriso, mas ganhou um rebolado de quadris que se distanciavam e diziam claramente: siga-me, siga-me, siga-me. Mas ele não seguiu. Ainda não. Foi ao QG de Central, edifício padrão em pedra artificial e chapas plásticas, quarenta escritórios, dez refrigeradores a água e um depósito de armas no porão; registrou sua chegada no Comando da Administração Colonial de Novo Taiti. Encontrou uns integrantes da tripulação do ônibus, apresentou a solicitação para um novo extrator de cortiça semirrobotizado para a Administração Florestal e convenceu seu velho amigo Juju Sereng a se encontrar com ele no Bar Luau às duas da tarde.

Davidson chegou no bar uma hora antes para se abastecer de um pouco de comida antes de começar a bebedeira. Lyubov estava ali, sentado com uns caras que usavam o uniforme da Esquadra, entendidos de alguma espécie que aterrissaram no módulo da *Shackleton*. Davidson não tinha grande apreço pela Marinha, um bando de lagartos estirados ao sol que deixavam o trabalho sujo, lamacento, da superfície planetária para o Exército; mas patente era patente e, de qualquer forma, era engraçado ver Lyubov agindo como amigo de qualquer pessoa de uniforme. Ele estava falando, agitando as mãos para um lado e para o outro, como sempre fazia. Ao passar por eles, Davidson deu-lhe um tapinha no ombro e disse:

— Oi, Raj, meu camarada, como é que vai? — Seguiu em frente sem esperar para ver a careta, embora detestasse deixar de vê-la. O jeito como Lyubov o odiava era bem engraçado. Provavelmente, como muitos intelectuais, o cara era efeminado e se ressentia da virilidade de Davidson. De qualquer forma, Davidson não perderia tempo algum odiando Lyubov; não valia a pena se aborrecer.

O Luau servia um filé de veado de primeira. O que diriam na Terra se vissem um homem comendo um quilo de carne em uma só refeição? Pobres consumidores de soja! Então, como Davidson tinha certamente esperado, Juju chegou com uma seleção de garotas colonas: duas belezinhas suculentas, nada de Noivas, mas Recreadoras. Ah, às vezes a velha Administração Colonial acertava! A tarde foi longa. E quente.

Ao voar de volta para a base, Davidson cruzou as Faixas de Smith na altura do sol que se punha, sobrevoando uma forte cerração dourada, sobre o mar. Ele cantava ao se espreguiçar no assento do piloto. O território de Smith apareceu envolto em névoa e havia fumaça sobre a base, uma fumaça escura, como se tivesse entrado óleo no incinerador de resíduos. Davidson sequer conseguia distinguir as construções em meio à fumaça. Foi só ao pousar no campo de aterrissagem que viu o jato carbonizado, os gafanhotos destruídos, o hangar ardendo.

Ele subiu com o gafanhoto outra vez e voltou a sobrevoar a base, tão baixo que poderia ter atingido o cone alto do incinerador, a única coisa sobressalente que restou. O resto tinha desaparecido: usina, fornalha, depósito de madeira, QG, cabanas, barracas, o complexo dos creechies, tudo. Eram carcaças escuras e destroços, ainda soltando fumaça. Mas não houvera incêndio na mata. A floresta continuava ali, verde, próxima das ruínas. Davidson voltou para o campo de pouso, aterrissou e saiu em busca de uma motocicleta, mas esta também era um destroço escuro junto às ruínas fétidas e ardentes do hangar e do maquinário. Ele desceu pela trilha até a base. Quando passou pelo que tinha sido a cabana de rádio, sua mente começou a retroceder. Sem hesitar nem um passo, mudou de curso, saiu da trilha, foi para trás da barraca destruída. Parou ali. Ouviu.

Não havia ninguém. Estava tudo quieto. O fogo se apagara havia muito tempo, só uma pilha enorme de madeira serrada queimava, exibindo um vermelho ardente sob as cinzas e o carvão. Aquele extenso monte de cinzas tinha valido mais do que ouro. Mas nenhuma fumaça se erguia dos esqueletos carbonizados das barracas e cabanas, e havia ossos entre as cinzas.

Agora, enquanto Davidson se agachava atrás da cabana de rádio, seu cérebro estava extremamente lúcido e ativo. Só havia duas possibilidades. Primeira: um ataque de outra base. Algum oficial em King ou em Nova Java enlouquecera e estava tentando um golpe planetário. Segunda: um ataque de fora do planeta. Ele viu a torre dourada na plataforma espacial de Central. Mas se a *Shackleton* tivesse sido dominada por corsários, por que eles começariam eliminando uma base pequena, em vez de tomar Centralville? Não, devia ser uma invasão alienígena.

Alguma raça desconhecida ou, talvez, os cetianos ou hainianos tivessem decidido se mudar para as colônias da Terra. Ele nunca confiara naqueles humanoides malditos e espertos. Aquilo provavelmente fora feito com bombas de calor. A força invasora, com jatos, carros voadores, armas nucleares, podia facilmente estar escondida em uma ilha ou recife em algum lugar do Quadrante Sudoeste. Ele precisava voltar para o gafanhoto e disparar o alarme, e então tentar fazer uma busca, um reconhecimento, para poder relatar ao QG qual era sua avaliação da situação concreta. Estava se levantando quando ouviu vozes. Não eram vozes humanas. Era uma tagarelice sem sentido em tom agudo e baixo. Alienígenas.

Apoiado sobre as mãos e os joelhos, atrás do teto plástico da barraca, que estava caído no chão deformado pelo calor e parecendo uma asa de morcego, Davidson permaneceu imóvel e escutou.

Quatro creechies passaram pela trilha, a alguns metros dele. Eram creechies selvagens, estavam nus, exceto por uns cintos de couro frouxos dos quais pendiam facões e bolsas. Nenhum deles vestia os shorts e a coleira de couro fornecidos para domar creechies. Os voluntários que trabalhavam no complexo deviam ter sido incinerados junto com os humanos.

Eles pararam um pouco adiante do esconderijo dele, continuaram com sua tagarelice lenta, e Davidson prendeu a respiração. Não queria que o achassem. Que diabos aqueles creechies estavam fazendo ali? Só podiam estar agindo como espiões e batedores para quem estava invadindo.

Um deles apontou para o Sul enquanto falava e se virou, de modo que Davidson viu seu rosto. E o reconheceu. Os creechies pareciam todos iguais, mas aquele era diferente. Há menos de um ano, Davidson tinha deixado a própria assinatura por todo aquele rosto. Foi aquele creechie que enlouqueceu e o atacou lá em Central, o homicida, o bichinho de estimação de Lyubov. Mas que diabos ele estava fazendo ali?

A mente de Davidson acelerou, fez conexões; com reações rápidas como sempre, ele se levantou, brusco, orgulhoso, sem esforço, arma na mão.

— Ei, creechies. Parem. Fiquem aí. Não se mexam!

A voz dele estalou como um chicote. As quatro criaturinhas verdes não se moveram. A que tinha o rosto amassado o observou através dos escombros escuros, com enormes olhos vazios que não possuíam nenhum brilho.

— Agora, respondam. Esse fogo, quem começou? — Não houve resposta. — Respondam agora, vamos-andem-logo! Se não responderem, vou queimar um, depois o outro, depois o outro, entenderam? Esse fogo, quem começou?

— Nós incendiamos a base, capitão Davidson — disse o creechie de Central, com uma voz baixa e estranha que o fez lembrar a de algum humano. — Os humanos estão todos mortos.

— Vocês incendiaram a base? Como assim?

Por algum motivo, ele não conseguia se lembrar do nome do Cicatriz.

— Tinha duzentos humanos aqui. E noventa escravos do meu povo. Novecentos indivíduos do meu povo saíram da floresta. Primeiro, matamos os humanos que estavam cortando árvores da floresta, depois matamos os deste lugar, enquanto as casas queimavam. Pensei que você estava morto. Estou feliz em vê-lo, capitão Davidson.

Aquilo tudo era loucura e, obviamente, mentira. Não poderiam ter matado todos eles: Ok, Birno, Van Sten, todo o resto, duzentos homens, alguns deles teriam escapado. Os creechies só possuíam arcos e flechas. Enfim, os creechies não poderiam ter feito aquilo. Creechies não lutavam, não matavam, não faziam guerras. Não tinham agressividade intraespecífica, ou seja, eram presas fáceis. Não revidavam. Com toda a certeza não massacravam duzentos homens em um ataque. Era loucura. O silêncio, o sutil fedor do incêndio sob a luz daquele entardecer longo e quente, os rostos verde-pálido com olhos inertes que o observavam, aquilo tudo não significava nada, era um sonho ruim e louco, um pesadelo.

— Quem fez isso por vocês?

— Novecentos indivíduos do meu povo — disse Cicatriz com aquela maldita voz humana falsa.

— Não, não quis dizer isso. Quem mais? Em nome de quem vocês estavam agindo? Quem lhes disse o que fazer?

— Minha esposa.

Então, Davidson viu a reveladora tensão na postura da criatura, que, ainda assim, saltou sobre ele tão ágil e inclinada que o fez errar o tiro, queimando um braço ou ombro em vez de bater bem entre os olhos. E o creechie estava sobre ele, tinha metade de seu tamanho e peso, mas o fez perder o equilíbrio com a investida, porque ele, confiando na arma, não esperava um ataque. Os braços daquela criatura eram magros, fortes, cobertos de pelos grossos e, enquanto Davidson os agarrou e lutou, a criatura cantava.

Ele estava caído de costas, imobilizado, desarmado. Quatro focinhos verdes o olhavam de cima. O de cicatriz no rosto ainda cantava, uma tagarelice ofegante, mas com melodia. Os outros três ouviam, com os dentes brancos aparecendo em um sorriso. Davidson nunca tinha olhado para o rosto de um creechie de baixo para cima. Era sempre de cima para baixo. Do alto. Tentou não lutar porque, naquele momento, seria um esforço vão. Por menores que fossem, estavam em maior número e Cicatriz pegara sua arma. Ele precisava esperar. Mas sentia um mal-estar, uma náusea, que fazia seu corpo se contorcer e lutar contra a própria vontade. Sem esforço, as mãozinhas o mantinham deitado enquanto os rostinhos verdes zombavam dele, rindo.

Cicatriz terminou a música. Ajoelhou sobre o peito de Davidson, tinha uma faca em uma das mãos e a arma na outra.

— Você não consegue cantar, certo, capitão Davidson? Bom, então talvez consiga correr até seu gafanhoto, voar para longe e contar ao coronel em Central que este lugar foi incendiado e os humanos foram todos mortos.

Sangue, do mesmo vermelho assustador do sangue humano, formava um coágulo sobre os pelos no braço direito do creechie, e a faca tremia na pata verde. O rosto anguloso e deformado olhava para baixo, para o rosto de Davidson, muito de perto, e agora ele podia enxergar o estranho fogo que queimava sob aqueles olhos escuros como carvão. A voz ainda era suave e baixa.

Eles o libertaram.

Ele se levantou, com cautela, ainda tonto da queda que Cicatriz lhe causara. Agora os creechies estavam bem afastados, sabiam que conseguia andar duas vezes mais rápido que eles; mas Cicatriz não era o único que estava armado, havia uma segunda arma apontada para suas entranhas. E era Ben quem a empunhava. Seu próprio creechie, Ben, aquele bostinha cinzento e asqueroso, que parecia o imbecil de sempre, mas empunhava um revólver.

É difícil dar as costas para duas armas apontadas para si, mas Davidson conseguiu e começou a caminhar em direção ao campo de pouso.

Atrás dele, uma voz pronunciou algumas palavras creechies, em tom agudo e alto. E outra voz disse:

— Vamos-ande-logo! — E ouviu-se um barulho estranho, como o de pássaros gorjeando, que devia ser a risada dos creechies. Um tiro estourou e ressoou bem ao lado de Davidson. Caramba, não era justo, eles tinham revólveres e ele estava desarmado.

Começou a correr. Conseguia deixar qualquer creechie para trás. Eles não sabiam como disparar uma arma.

— Corra — disse uma voz baixa bem atrás de si. Era Cicatriz. Selver, esse era seu nome. Chamavam-no de Sam, até que Lyubov impediu Davidson de dar ao creechie o que merecia e o pegou como animal de estimação, aí o chamaram de Selver. Caramba, o que fora aquilo, que pesadelo. Davidson correu. O sangue trovejava em seus ouvidos. No fim de tarde dourado e enfumaçado, ele correu. Encontrou um corpo no caminho, que sequer notou enquanto se aproximava. Não estava queimado, parecia um balão branco que perdera o ar, e tinha os olhos azuis inertes. Eles não ousaram matar Davidson. Não voltaram a atirar nele. Aquilo era impossível. Não podiam matá-lo. Lá estava o gafanhoto, seguro, resplandecente; ele se atirou no assento e decolou antes que os creechies pudessem tentar algo. Suas mãos tremiam, mas não muito, era só o choque. Eles não conseguiram matá-lo. Circundou a colina e retornou, voando rápido e baixo, procurando os quatro creechies. Mas, em meio aos escombros irregulares da base, nada se movia.

De manhã, existira ali uma base. Duzentos homens. Agora mesmo havia ali quatro creechies. Ele não tinha sonhado nada daquilo. E eles não podiam simplesmente desaparecer. Estavam lá, escondidos. Davidson abriu fogo com a metralhadora do nariz do gafanhoto e fez uma varredura no solo carbonizado, atirou nas brechas entre a vegetação da floresta, alvejou os ossos incandescentes e os corpos frios de seus homens, o maquinário destruído e os tocos brancos em putrefação, retornando várias vezes até a munição acabar e os espasmos da arma cessarem bruscamente.

As mãos de Davidson agora estavam firmes, seu corpo parecia apaziguado, e ele sabia que não estava preso em nenhum sonho. Dirigiu-se outra vez ao Estreito, para levar a notícia a Centralville. Enquanto voava, conseguiu sentir seu rosto relaxando e assumindo os traços calmos de sempre. Ninguém podia colocar nele a culpa pela catástrofe, porque nem estava lá quando aconteceu. Talvez entendessem como era significativo o fato de os creechies terem atacado na sua ausência, sabendo que fracassariam se ele estivesse lá para organizar a defesa. E uma coisa boa resultaria daquilo: eles agiriam como deveriam ter feito desde o começo e saneariam o planeta para ocupação humana. Agora, nem mesmo Lyubov conseguiria impedi-los de apagar os creechies, não quando ficassem sabendo que foi o creechie de estimação dele que liderou o massacre! Agora eles se dedicariam por um tempo ao extermínio dos ratos; e talvez, quem sabe, passassem para ele aquela pequena missão. Poderia ter sorrido com esse pensamento. Mas manteve o rosto calmo.

Abaixo dele, sob o crepúsculo, o mar estava cinzento, e à sua frente estavam as colinas da ilha, as florestas de sulcos profundos, repletas de cursos d'água e folhagens sob o anoitecer.

Quando o vento soprava, todos os tons de ferrugem e pôr do sol, vermelhos-amarronzados e verdes-pálidos, se transmutavam incessantemente nas longas folhas. As raízes do salgueiro acobreado, grossas e estriadas, ficavam verde-musgo na base, perto da água corrente que, como o vento, se movia devagar, em muitos redemoinhos e pausas aparentes, hesitando ao passar por rochas, raízes, folhas pendentes e caídas. Na floresta, nenhum caminho era livre, nenhuma luz era contínua. Em meio ao vento, à água, à luz do sol, à luz das estrelas, sempre se embrenhavam folhas e galhos, troncos e raízes, o sombrio, o complexo. Pequenas trilhas se estendiam sob os galhos, em volta dos troncos, sobre as raízes. Não seguiam reto, mas se rendiam a todos os obstáculos, tortuosas como nervos. O solo não era seco e sólido, mas úmido e bastante maleável, produto da colaboração das criaturas vivas com a morte longa e elaborada das folhas e árvores. E daquele rico cemitério germinavam árvores de trinta metros e minúsculos cogumelos que brotavam em círculos de 1,5 centímetro de diâmetro. O cheiro do ar era sutil, variado e adocicado. A vista nunca alcançava longe, a menos que, olhando para cima, através dos galhos, se avistassem as estrelas. Nada era puro, seco, árido, simples. Faltava revelação. Não havia como enxergar tudo de uma vez; nenhuma certeza. As cores de ferrugem e pôr do sol oscilavam nas folhas pendentes dos salgueiros acobreados e sequer era possível dizer se as folhas dos salgueiros eram vermelho--acastanhado, verde-avermelhado ou verde.

Selver saiu de uma trilha junto à água, andando devagar e tropeçando várias vezes nas raízes do salgueiro. Viu um velho sonhando e parou. O velho olhou para ele através das longas folhas e o enxergou em seus sonhos.

— Posso ir à sua Casa, meu Lorde Sonhador? Andei um longo caminho.

O velho permaneceu sentado, imóvel. Naquele momento, Selver se agachou sobre os calcanhares ao lado da trilha, junto ao riacho. A cabeça dele pendia, porque estava exausto e precisava dormir. Estava caminhando havia cinco dias.

— Você é do tempo dos sonhos ou do tempo do mundo? — o velho perguntou, enfim.

— Do tempo do mundo.

— Então, venha comigo. — O velho se levantou rapidamente e conduziu Selver por um caminho errático que saía do arvoredo de salgueiros para regiões mais secas e escuras, de carvalhos e espinheiros. — Tomei você por um deus — disse ele, dando um passo à frente. — E me pareceu que já o tinha visto antes, talvez em sonho.

— Não foi no tempo do mundo. Venho de Sornol, nunca estive aqui antes.

— Esta cidade é Cadast. Eu sou Coro Mena. Do Espinheiro-branco.

— Selver é meu nome. Do Freixo.

— Há pessoas do Freixo entre nós, tanto homens como mulheres. Também de seus clãs de casamento, Bétula e

Azevinho; não temos mulheres do Macieira. Mas você não veio procurar uma esposa, veio?

— Minha esposa está morta — Selver contou.

Foram para a Casa dos Homens, em um terreno elevado, em meio a um bosque de carvalhos jovens. Inclinaram-se e engatinharam pela entrada em túnel. Lá dentro, à luz do fogo, o velho se levantou, mas Selver permaneceu agachado sobre as mãos e os joelhos, incapaz de se erguer. Agora que a ajuda e o conforto estavam ao alcance, seu corpo, que ele havia forçado em excesso, não queria ir além. Deitou-se, seus olhos se fecharam e Selver deslizou, aliviado e grato, para a imensa escuridão.

Os homens da Casa de Cadast cuidaram de Selver e o curandeiro deles veio tratar a ferida em seu braço direito. À noite, Coro Mena e o curandeiro Torber se sentaram diante do fogo. A maioria dos outros homens estava com suas esposas naquela noite; havia apenas dois jovens aprendizes de sonhadores nos bancos e os dois dormiam profundamente.

— Não sei o que causaria cicatrizes como essas no rosto de um homem — disse o curandeiro — e muito menos uma ferida como a que ele tem no braço. Uma ferida muito estranha.

— Foi uma máquina estranha que ele carregava no cinto — Coro Mena respondeu.

— Eu a vi, mas não vejo mais.

— Coloquei embaixo do banco dele. É como ferro polido, mas não parece um trabalho feito pelas mãos de homens.

— Ele disse a você que vem de Sornol.

Os dois ficaram um instante em silêncio. Coro Mena sentiu que um medo irracional o afligia e caiu no sonho para descobrir a razão desse sentimento; pois ele era um homem velho e perito de longa data. No sonho, gigantes caminhavam, fortes e medonhos. Seus membros de escamas secas estavam envoltos por tecido, seus olhos eram pequenos e claros, como contas de lata. Atrás deles, se moviam enormes objetos feitos de ferro polido. À sua frente, árvores caíam.

Saindo do meio das árvores que caíam, um homem corria, gritando alto, com sangue na boca. O caminho que percorria era a entrada da Casa de Cadast.

— Bem, há poucas dúvidas quanto a isso — disse Coro Mena, saindo do sonho. — Ele veio de além-mar, direto de Sornol, ou então veio a pé da costa de Kelme Deva, em nosso próprio território. Os viajantes dizem que há gigantes nesses dois lugares.

— Virão atrás dele, será — disse Torber. Nenhum dos dois respondeu à pergunta, que não era uma pergunta, mas a afirmação de uma possibilidade.

— Você já viu os gigantes alguma vez, Coro?

— Uma vez — respondeu o velho.

Ele sonhou; às vezes, por ser muito velho e não tão forte quanto antes, caía no sono por um instante. Raiou a manhã, passou do meio-dia. Fora da Casa, um grupo partiu para a caça, as crianças faziam algazarra, as mulheres conversavam em um tom de voz que parecia água corrente. Uma voz mais seca chamou Coro Mena da porta. Ele saiu engatinhando rumo à luz do sol da tarde. Sua irmã ficou do lado de fora, farejando o vento perfumado, com prazer, mas ainda assim, com uma aparência dura.

— O estrangeiro acordou, Coro?

— Ainda não. Torber está cuidando dele.

— Precisamos ouvir sua história.

— Com certeza ele vai acordar logo.

Ebor Dendep franziu a testa. Chefe de Cadast, ela estava ansiosa por seu povo; mas não queria pedir que um homem ferido fosse incomodado, nem ofender os Sonhadores ao insistir em seu direito de entrar na Casa deles.

— Você não pode acordar o estrangeiro, Coro? — ela perguntou, enfim. — E se ele estiver... sendo seguido?

Ele não conseguia controlar as emoções da irmã com as mesmas rédeas que segurava as próprias, mas, ainda assim, podia senti-las; fora picado pela ansiedade dela.

— Se Torber permitir, eu acordo — disse ele.

— Tente descobrir as notícias que ele traz, depressa. Queria que ele fosse mulher e iria convencê-la...

O estrangeiro tinha despertado sozinho e estava deitado, febril, na penumbra da Casa. Os sonhos desgovernados da doença habitavam seus olhos. De qualquer maneira, se sentou e conversou mantendo o controle. Enquanto ouvia, os ossos de Coro Mena pareciam encolher dentro dele, tentando se esconder daquela história terrível, daquela novidade.

— Eu era Selver Thele quando morava em Eshreth, em Sornol. Minha cidade foi destruída pelos yumanos quando eles cortaram as árvores daquela região. Fui um dos que foram obrigados a servi-los, junto com minha esposa, Thele. Ela foi estuprada por um deles e morreu. Ataquei o yumano que a matou. Ele poderia ter me matado naquele momento, mas um deles me salvou e me libertou. Saí de Sornol, onde agora nenhuma cidade está a salvo dos yumanos, e vim para cá, para a Ilha do Norte, e morei na costa de Kelme Deva, nos Bosques Vermelhos. Logo os yumanos chegaram e começaram a derrubar o mundo. Eles destruíram uma cidade, Penle. Capturaram cem homens e mulheres e os obrigaram a servi-los e a viver em um curral. Não fui capturado. Morava com outras pessoas que fugiram de Penle, no pântano ao norte de Kelme Deva. Às vezes, à noite, eu ia até as pessoas nos currais dos yumanos. Elas me disseram que aquele lá estava ali. Aquele que eu tentara matar. Primeiro, pensei em tentar de novo; ou então libertar as pessoas do curral. Mas eu via árvores caindo o tempo todo e via o mundo lacerado e abandonado para apodrecer. Os homens poderiam ter escapado, mas as mulheres ficavam trancadas de forma mais segura e não conseguiriam, e estavam começando a morrer. Falei com as pessoas escondidas nos pântanos. Estávamos todos muito amedrontados e muito bravos, e não havia como liberar nosso medo e raiva. Então, depois de muito tempo de conversa, e de sonhar por muito tempo, e de fazer um plano, saímos à luz do dia e matamos os yumanos de Kelme Deva com flechas e lanças de caça e queimamos a cidade deles e suas máquinas. Não deixamos nada. Mas aquele lá tinha ido embora. Ele voltou sozinho. Eu cantei por cima dele e o deixei partir.

Selver ficou em silêncio.

— E depois — Coro Mena sussurrou.

— Depois uma nave voadora veio de Sornol e nos perseguiu na floresta, mas não encontrou ninguém. Então atearam fogo na floresta; mas choveu e o estrago foi pouco. A maioria das pessoas libertadas dos currais e as outras foram para as colinas de Holle, porque tivemos medo de que pudessem vir muitos yumanos para nos caçar. Fiquei sozinho. Os yumanos me conhecem, sabe, conhecem meu rosto; e isso me assusta, e assusta as pessoas com quem fico.

— O que é essa sua ferida? — Torber perguntou.

— Aquele lá, ele atirou em mim com o tipo de arma deles; mas cantei por cima dele e o deixei partir.

— Você, sozinho, derrubou um gigante? — disse Torber, com um sorrisinho cruel, desejando acreditar.

— Sozinho, não. Com três caçadores e com a arma na minha mão... isso.

Torber se afastou da coisa.

Por um tempo, ninguém falou. Por fim, Coro Mena disse:

— O que você nos conta é muito sombrio e só piora. Você é um Sonhador da sua Casa?

— Era. Não existe mais a Casa de Eshreth.

— É tudo a mesma coisa; nós falamos juntos a Antiga Língua. Entre os salgueiros de Asta, quando falou comigo pela primeira vez, você me chamou de Lorde Sonhador. É o que sou. Você sonha, Selver?

— Agora, quase nunca — Selver respondeu, obediente ao catecismo, curvando o rosto febril e cheio de cicatrizes.

— Acordado?

— Acordado.

— Sonha bem, Selver?

— Nada bem.

— Você segura o sonho com as mãos?

— Sim.

— Você tece e molda, conduz e é conduzido, começa e termina conforme sua vontade?

— Às vezes, nem sempre.

— Você pode caminhar pela estrada percorrida por seu sonho?

— Às vezes. Às vezes tenho medo.

— Quem não tem? Não é totalmente ruim, Selver.

— Não, é totalmente ruim — disse Selver —, não sobrou nada de bom. — E começou a tremer.

Torber deu um fermentado de salgueiro para ele beber e o fez se deitar. Coro Mena ainda tinha a pergunta da chefe para fazer; relutante, e ajoelhado ao lado do homem doente, ele a fez:

— Os gigantes, os yumanos, como você chama, vão seguir seu rastro, Selver?

— Não deixei rastro. De Kelme Deva até este lugar, ninguém me viu, por seis dias. O perigo não é esse. — Ele fez um esforço para se sentar outra vez. — Escute, escute. Você não vê o perigo. Como poderia ver? Não fez o que eu fiz, nunca sonhou com isso: fazer duzentas pessoas morrerem. Eles não vão me perseguir, mas talvez persigam todos nós, nos caçando como os caçadores perseguem os coelhos. Esse é o perigo. Eles podem tentar nos matar. Matar todos nós, todos os homens.

— Fique deitado...

— Não, não estou delirando, isso é realidade e sonho. Havia duzentos yumanos em Kelme Deva e eles estão mortos. Nós os matamos; os matamos como se não fossem homens. Daí eles não vão dar meia-volta e fazer o mesmo? Eles nos matavam um a um, agora vão nos matar como matam as árvores, às centenas e centenas e centenas.

— Fique tranquilo — disse Torber. — Essas coisas acontecem em sonhos febris, Selver. Não acontecem no mundo.

— O mundo é sempre novo — Coro Mena falou —, por mais que tenha raízes antigas. Como é estar com aquelas criaturas, então, Selver? Eles parecem homens e falam como homens; não são homens?

— Não sei. Homens matam outros homens, a não ser na loucura? Algum bicho mata a própria espécie? Só os insetos. Esses yumanos nos matam com tanta leviandade quanto nós matamos cobras. Aquele que me educou disse que eles matam uns aos outros em brigas e também em grupos, como formigas lutando. Não vi isso. Mas sei que não poupam quem implora pela vida. São capazes de golpear uma cabeça reverente, já vi isso! Há neles o desejo de matar e, por isso, achei certo matá-los.

— E os sonhos de todos os homens — disse Coro Mena, sentado na penumbra, de pernas cruzadas — serão alterados. Nunca mais serão os mesmos. Jamais caminharei outra vez naquela trilha pela qual vim com você ontem, o caminho do arvoredo de salgueiros que percorri durante toda minha vida. Ele foi transformado. Você andou por ele, e ele está completamente alterado. Até agora, tínhamos uma coisa certa a fazer; um caminho certo a seguir, que nos levaria para casa. Onde fica nosso lar agora? Pois você fez o que precisava fazer e não foi correto. Você matou homens. Cinco anos atrás, eu os vi no Vale de Lemgan, onde eles chegaram em uma nave voadora; me escondi e observei os gigantes, seis deles, os vi falar, observar pedras e plantas e cozinhar. São homens. Mas você viveu entre eles, então me diga, Selver: eles sonham?

— Como crianças, durante o sono.

— Eles não são treinados?

— Não. Às vezes, falam de seus sonhos, os curandeiros tentam usá-los para cura, mas nenhum deles é treinado ou tem alguma habilidade para sonhar. Lyubov, que me ensinava, me entendeu quando lhe mostrei como sonhar, e mesmo assim, ele chamou o tempo do mundo de "real" e o tempo do sonho de "irreal", como se essa fosse a diferença entre eles.

— Você fez o que precisava — Coro Mena repetiu, depois de um instante de silêncio.

Em meio à penumbra, seus olhos se encontraram. A tensão desesperada no rosto de Selver amainou; sua boca cicatrizada relaxou e ele se deitou sem dizer mais nada. Em pouco tempo, estava dormindo.

— Ele é um deus — disse Coro Mena.

Torber concordou com um movimento de cabeça, aceitando o julgamento do velho quase com alívio.

— Mas não como os outros. Não é como o Perseguidor, nem como o Amigo que não tem rosto, nem como a Mulher da Folha de Álamo que anda pela floresta dos sonhos. Ele não é o Guardião do Portal, nem a Cobra. Nem o Lirista, nem o Entalhador, nem o Caçador, embora venha, como eles, no tempo do mundo. Talvez tenhamos sonhado com Selver nestes últimos anos, mas não devemos mais sonhar; ele abandonou o tempo dos sonhos. Ele vem na floresta, pela floresta, onde as folhas caem, onde as árvores caem, um deus que conhece a morte, um deus que mata sem ter, ele mesmo, renascido.

A chefe ouviu os relatos e profecias de Coro Mena e agiu. Colocou a cidade de Cadast em alerta, garantindo que cada família estivesse pronta para ir embora, com um pouco de comida embrulhada e macas preparadas para pessoas idosas e doentes. E enviou jovens exploradoras para o Sul e para o Leste em busca de informações sobre os yumanos. Ela manteve um grupo de caçadores armados circulando pela cidade, embora os demais continuassem a sair todas as noites. Quando Selver ficou mais forte, insistiu que ele saísse da Casa e contasse sua história: como os yumanos mataram e escravizaram as pessoas em Sornol, como derrubaram as florestas e como as pessoas de Kelme Deva tinham matado os yumanos. Ela forçou as mulheres, e os homens sem sonhos, que não entendiam dessas coisas, a ouvirem tudo de novo, até que entendessem e ficassem com medo. Afinal, Ebor Dendep era uma mulher prática. Quando um Grande Sonhador, seu irmão, contou a ela que Selver era um deus, um transformador, uma ponte entre realidades, ela acreditou e agiu. Era responsabilidade do Sonhador ser cuidadoso e ter certeza de que seu julgamento era verdadeiro. A responsabilidade dela era, então, aceitar esse julgamento e agir com base nele. Ele desvendava o que deveria ser feito; ela garantia que fosse feito.

— Todas as cidades da floresta devem ouvir — disse Coro Mena. Então, a chefe enviou suas jovens mensageiras, e as chefes das outras cidades ouviram e mandaram suas próprias mensageiras. A matança de Kelme Deva e o nome de Selver se espalharam pela Ilha do Norte e além-mar até outros territórios, boca a boca ou por escrito; não foi muito depressa, porque as mensageiras mais velozes do Povo da Floresta eram as corredoras; ainda assim, foi rápido o bastante.

Eles não eram todos um único povo nos Quarenta Territórios do mundo. Havia mais línguas do que territórios e cada uma com um dialeto diferente para cada cidade que a falava; havia ramificações infinitas de maneiras, valores, costumes, ocupações; os tipos físicos diferiam em cada um dos cinco Grandes Territórios. O povo de Sornol era alto, pálido, de grandes negociantes; o povo de Rieshwel era baixo, muitos tinham pelos pretos e comiam macacos; e assim por diante. Mas o clima variava pouco, a floresta, pouco, e o mar, nada. A curiosidade, as rotas comerciais regulares e a necessidade de encontrar um marido ou uma esposa da Árvore apropriada mantinham o vaivém de pessoas entre as cidades e os territórios, e assim havia certas semelhanças entre todos, exceto nos extremos mais remotos: as ilhas bárbaras do extremo oriente e do sul. Em todos os Quarenta Territórios, as mulheres dirigiam as cidades e aldeias, e quase toda cidade tinha uma Casa dos Homens. Dentro da Casa, os Sonhadores falavam uma língua antiga que variava pouco de um território para outro. As mulheres e os homens que permaneciam caçadores, pescadores, tecelões e construtores, além daqueles que só tinham sonhos pequenos do lado de fora da Casa, raramente aprendiam essa língua. Como grande parte da escrita era nessa língua da Casa, quando as chefes enviavam suas jovens portando mensagens, as cartas iam de Casa a Casa e os Sonhadores as interpretavam para as mulheres mais velhas, assim como era feito com os demais documentos, rumores, problemas, mitos e sonhos. Mas acreditar ou não era sempre escolha das Anciãs.

Selver estava em um quarto pequeno em Eshsen. A porta não fora trancada, mas ele sabia que se a abrisse, algo ruim entraria. Enquanto a mantivesse fechada, tudo ficaria bem. O problema era que havia árvores jovens, um horto de mudas plantado em frente à casa; não eram árvores frutíferas ou de castanhas, mas de algum outro tipo, do qual não conseguia se lembrar. Saiu para ver que tipo de árvores eram. Estavam todas caídas, quebradas ou arrancadas. Pegou o galho prateado de uma delas e, da extremidade quebrada, escorreu um pouco de sangue.

— Não, outra vez não, Thele — disse ele. — Ah, Thele, venha até mim antes de sua morte! — Mas ela não veio. Apenas a morte dela estava ali: a bétula quebrada, a porta aberta. Selver deu meia-volta e entrou depressa na casa, descobrindo que era toda construída acima do chão, como as casas dos yumanos, muito altas e iluminadas. Do lado de fora da outra porta, atravessando o quarto alto, havia uma rua comprida da cidade dos yumanos em Central. Selver estava com a arma no cinto. Se Davidson viesse, poderia atirar nele. Esperou do lado de dentro da porta aberta, observando a luz do sol. Davidson veio, enorme, correndo tão depressa que Selver não conseguiu mantê-lo sob a mira da arma, porque ele corria loucamente, em ziguezague, pela longa rua, muito rápido, sempre se aproximando. A arma era pesada. Selver disparou, mas nenhum tiro saiu dela; com raiva e terror, a jogou fora junto com o sonho.

Nauseado e deprimido, ele cuspiu e suspirou.

— Um sonho ruim? — Ebor Dendep perguntou.

— Eles são todos sonhos ruins, e todos idênticos — disse ele, mas seu desconforto e sofrimento profundos diminuíram um pouco ao responder. A luz fresca do sol da manhã salpicou e atravessou folhas e galhos finos do bosque de bétulas de Cadast. A chefe estava sentada, trançando um cesto de samambaia-preta, pois gostava de manter os dedos ocupados, enquanto Selver estava ao lado dela, deitado, em estado de quase sonho e de sonho. Ele já estava em Cadast havia quinze dias e sua ferida estava cicatrizando bem. Ainda dormia muito, mas pela primeira vez em muitos meses voltou a sonhar acordado, regularmente, não uma ou duas vezes entre o dia e a noite, mas na pulsação e no ritmo exatos dos sonhos, que, no ciclo diurno, deviam chegar ao auge e declinar de dez a quatorze vezes. Por piores que os sonhos fossem, cheios de terror e vergonha, ele os acolhia. Tinha temido ser arrancado de suas raízes, ter ido longe demais no território estagnado de ação para encontrar seu caminho de volta para as nascentes de realidade. Agora, ainda que a água fosse muito amarga, voltara a beber.

Por um breve instante, ele estava em cima de Davidson novamente, em meio às cinzas da base incendiada e, dessa vez, em vez de cantar, atingiu-o na boca com uma pedra. Os dentes de Davidson quebraram e o sangue escorreu entre as lascas brancas.

O sonho foi proveitoso, uma realização imediata de desejos, mas ele o interrompeu ali, tendo sonhado com aquilo muitas vezes, antes e depois de enfrentar Davidson nas cinzas de Kelme Deva. Não havia nada naquele sonho além de alívio. Um gole de água insípida. Era do amargor que ele precisava. Tinha de voltar ao princípio, não para Kelme Deva, mas para a rua comprida e assustadora na cidade alienígena chamada Central, onde ele atacara a morte e fora derrotado.

Enquanto trabalhava, Ebor Dendep cantarolava. Suas mãos finas, de um verde sedoso prateado pela idade, moviam as hastes de samambaia-preta para dentro e para fora, com rapidez e ordem. Ela cantava uma música sobre a colheita de samambaias, uma canção de menina: "estou colhendo samambaias, pensando se ele vai voltar...". Sua voz fraca pela idade estremecia como a de um grilo. O sol ondulava nas folhas de bétula. Selver apoiou a cabeça nos braços.

O bosque de bétulas ficava mais ou menos no centro da cidade de Cadast. Oito trilhas partiam dali, serpenteando por entre as árvores. Sentia-se um cheiro de fumaça de lenha no ar; na extremidade sul do bosque, onde os galhos eram finos, podia-se ver a fumaça subindo de uma chaminé da casa, como uma meada de fios azuis se desenrolando entre as folhas. Olhando de perto, via-se, entre os carvalhos e outras árvores, os telhados das casas que se erguiam alguns metros acima do solo, algo entre cem e duzentos deles, era muito difícil contar. Mais da metade das casas de madeira ficava cravada, encaixada entre as raízes das árvores, como tocas de texugos. Os telhados de vigas eram cobertos por uma mistura de pequenos galhos, agulhas de pinheiro, junco, humo. Esse material era isolante, impermeável, quase invisível. A floresta e a comunidade de oitocentas pessoas cumpriam suas funções em torno do bosque de bétulas onde Ebor Dendep estava sentada fazendo um cesto de samambaia. Acima da cabeça dela, entre os galhos, um pássaro disse "Tu-ít" suavemente. Ouvia-se mais o barulho de pessoas do que o normal, porque cinquenta ou sessenta estrangeiros, principalmente homens e mulheres jovens, haviam se juntado ali naqueles últimos dias, atraídos pela presença de Selver. Algumas pessoas eram de outras cidades do Norte, algumas tinham realizado com ele a matança em Kelme Deva; chegaram ali através dos rumores para segui-lo. Ainda assim, as vozes gritando aqui e ali e o burburinho de mulheres tomando banho ou das crianças brincando no riacho não eram tão altos quanto o canto matinal dos pássaros, o zumbido dos insetos e o som de fundo da floresta viva, da qual a cidade era um componente.

Uma garota veio depressa, uma jovem caçadora da cor das folhas pálidas de bétula.

— Rumor vindo da costa sul, mãe — disse ela. — A mensageira está na Casa das Mulheres.

— Mande-a aqui depois que ela comer — a chefe pediu, em voz baixa. — Psiu, Tolbar, não vê que ele está dormindo?

A garota se inclinou para pegar uma grande folha de tabaco selvagem e a colocou delicadamente sobre os olhos de Selver, nos quais batia um raio oblíquo e brilhante de luz solar. Ele estava deitado com as mãos meio abertas e seu rosto deformado e cheio de cicatrizes voltado para cima, vulnerável e sonso, um Grande Sonhador dormindo como uma criança. Mas era o rosto da garota que Ebor Dendep observava. Sob tal sombra perturbadora, aquele rosto brilhava com piedade e terror, com adoração.

Tolbar se afastou depressa. Logo depois, duas das Anciãs chegaram com a mensageira, deslocando-se silenciosamente, em fila indiana, pela trilha salpicada de sol. Ebor Dendep levantou a mão, impondo silêncio. A mensageira se deitou de imediato e descansou; seu pelo verde matizado de marrom estava coberto de pó e suor; ela viera correndo, de longe e com pressa. As Anciãs se sentaram em pontos ensolarados e ficaram imóveis. Como duas velhas pedras verde-acinzentadas, ficaram ali, seus olhos vívidos e brilhantes.

Lutando com um sonho em seu sono, que estava fora de seu controle, Selver gritou como se estivesse sentindo muito medo e acordou.

Foi beber água no riacho; quando voltou, estava sendo seguido por seis ou sete daqueles que estavam sempre atrás dele. A chefe largou seu trabalho semipronto e disse:

— Agora, seja bem-vinda, mensageira, e fale.

A mensageira se levantou, inclinou a cabeça em direção a Ebor Dendep e transmitiu sua mensagem:

— Venho de Trethat. Minhas palavras vêm de Sorbron Deva e, antes disso, dos marinheiros do Estreito; antes disso, de Broter, em Sornol. São para o conhecimento de toda Cadast, mas devem ser ditas ao homem chamado Selver, nascido do Freixo, em Eshreth. Eis as palavras: "Há novos gigantes na grande cidade dos gigantes, em Sornol, e muitos desses novos são fêmeas. A nave amarela de fogo sobe e desce no local que era chamado Peha. Sabe-se em Sornol que Selver de Eshreth queimou a cidade dos gigantes em Kelme Deva. Os Grandes Sonhadores dos Exílios de Broter têm sonhado com gigantes mais numerosos do que as árvores dos Quarenta Territórios". Essas são todas as palavras da mensagem que trago.

Após a cantilena, todas as pessoas ficaram em silêncio. O pássaro, um pouco mais distante, experimentou dizer:

— Quiu-qui?

— Este é um tempo do mundo muito cruel — falou uma das velhas, esfregando um joelho reumático.

Um pássaro cinza voou de um enorme carvalho que marcava a extremidade norte da cidade e subiu em círculos, pegando carona com suas asas preguiçosas em uma corrente de ar ascendente. Sempre havia uma árvore que servia de poleiro a esses milhanos cinzentos nos arredores das cidades; eles eram o serviço de coleta de lixo.

Um menininho gordo correu pelo bosque de bétulas, perseguido por sua irmã um pouquinho maior, os dois berrando com suas vozes diminutas, como morcegos. O garoto caiu e chorou, a garota o ergueu e enxugou suas lágrimas com uma grande folha. Eles correram para dentro da floresta de mãos dadas.

— Tinha um chamado Lyubov — disse Selver à chefe.

— Falei dele para Coro Mena, mas não para você. Quando aquele lá estava me matando, foi Lyubov quem me salvou. Foi Lyubov quem me curou e me libertou. Ele queria saber sobre nós; então eu contava o que ele perguntava, e ele também me contava o que eu perguntava. Uma vez, perguntei como a raça dele conseguia sobreviver tendo tão poucas mulheres. Ele falou que, no lugar de onde vinham, metade do povo é de mulheres, mas os homens não queriam trazer mulheres para os Quarenta Territórios até terem preparado o lugar para elas.

— Até os homens fazerem um lugar adequado para as mulheres? Bom, talvez elas enfrentem uma espera e tanto — disse Ebor Dendep. — Eles são parecidos com as pessoas do Sonho de Olmeiro, que se aproximam de costas, com as cabeças viradas para trás. Transformam a floresta em uma praia seca — seu idioma não tinha palavra para "deserto" — e chamam isso de preparar o lugar para as mulheres? Deveriam tê-las enviado primeiro. Talvez, entre eles, as mulheres tenham o Grande Sonho, quem sabe? Eles são atrasados, Selver. São insanos.

— Um povo não pode ser insano.

— Mas eles só sonham dormindo, você quem falou; se querem sonhar acordados, tomam venenos para que os sonhos saiam do controle, você disse! Como alguém pode ser tão maluco? Eles não diferenciam o tempo dos sonhos do tempo do mundo, não mais que um bebê. Quando matam uma árvore, talvez pensem que ela viverá de novo!

Selver balançou a cabeça. Ele ainda falava com a chefe como se estivessem os dois sozinhos no bosque de bétulas, numa voz baixa e hesitante, quase sonolenta.

— Não, eles compreendem a morte muito bem... Com certeza não a enxergam como nós a enxergamos, mas conhecem e compreendem certas coisas melhor do que nós. Lyubov, principalmente, entendeu o que eu expliquei a ele. Grande parte do que ele me contou não consegui entender. Não era a língua que me impedia; conheço a língua dele, e ele aprendeu a nossa; nós escrevemos as duas línguas juntos. No entanto, teve coisas que ele falou que eu jamais conseguiria compreender. Ele disse que os yumanos são de fora da floresta. Isso é bem claro. Disse que querem a floresta: as árvores para madeira, a terra para plantar relva. — A voz de Selver, embora ainda soasse branda, adquiriu ressonância; as pessoas que estavam entre as árvores prateadas o ouviam. — Isso também ficou claro para aqueles de nós que os viram derrubando o mundo. Ele afirmou que os yumanos são homens como nós, que, na verdade, somos parentes, talvez tão próximos quanto o veado-vermelho e o veado-de-cauda-branca. Ele disse que eles vêm de outro lugar que não é a floresta; onde as árvores foram todas derrubadas; há um sol, não o nosso, que é uma estrela. Tudo isso, como você pode ver, não ficou claro para mim. Repito as palavras dele, mas não sei o que elas significam. Isso não importa muito. É claro que querem nossa floresta para eles. Têm duas vezes nossa altura, possuem armas que superam as nossas de longe, e lança-chamas e naves voadoras. Agora trouxeram mais mulheres e vão ter crianças. Existem talvez dois mil, talvez três mil deles aqui agora, principalmente em Sornol. Mas se esperarmos uma vida inteira, ou duas, eles se reproduzirão, o número vai dobrar e redobrar. Eles matam homens e mulheres; não poupam aqueles que imploram pela vida. E não conseguem cantar durante a luta. Abandonaram as próprias raízes, quem sabe naquela outra floresta de onde vieram, naquela floresta sem árvores. Por isso, tomam veneno para liberar os sonhos que estão dentro deles, mas o veneno só os deixa bêbados ou doentes. Ninguém pode dizer com certeza se são gente ou não gente, sãos ou insanos, mas isso não importa. Eles devem ser forçados a deixar a floresta, porque são perigosos. Se não deixarem, devem ser queimados até se extinguirem dos Territórios, da mesma forma que os ninhos de formigas devem ser extintos dos bosques das cidades. Se esperarmos, seremos nós a virar fumaça e queimar. Eles conseguem pisar em nós como pisamos nas formigas que picam. Uma vez, vi uma mulher; foi quando queimaram minha cidade, Eshreth: ela se deitou na trilha, diante de um yumano, para implorar a ele por sua vida e ele pisou nas costas dela, quebrou sua espinha e depois a chutou para o lado como se fosse uma cobra morta. Eu vi isso. Se os yumanos são homens, são homens que não sabem ou não foram ensinados a sonhar e a agir como homens. Por isso, seguem suas vidas atormentados, matando e destruindo, induzidos pelos seus deuses internos, que não vão libertar, mas vão tentar arrancar pela raiz e negar. E se forem homens, são homens maus, que negaram os próprios deuses, que temem ver o próprio rosto na escuridão. Chefe de Cadast, me escute. — Altivo e brusco, Selver se levantou entre as mulheres sentadas. — Acho que está na hora de voltar para minha terra, para Sornol, para aqueles que estão no exílio e aqueles que foram escravizados. Diga a todos que sonharem com uma cidade em chamas que venham me procurar em Broter. — Ele se curvou diante de Ebor Dendep e deixou o bosque de bétulas, caminhando, ainda manco, com o braço enfaixado; no entanto, havia certa agilidade em sua passada, certo aprumo em sua cabeça, que o fazia parecer mais pleno do que outros homens. Em silêncio, os jovens foram atrás dele.

— Quem é ele? — perguntou a mensageira de Trethat, seguindo-o com os olhos.

— O homem para o qual veio sua mensagem, Selver de Eshreth, um deus entre nós. Você já viu um deus antes, filha?

— Quando eu tinha dez anos, o Lirista chegou a nossa cidade.

— Sim, o velho Ertel. Ele era da minha Árvore e dos Vales do Norte como eu. Bem, agora você viu um segundo deus, e um maior. Conte sobre ele a seu povo em Trethat.

— Que deus ele é, mãe?

— Um deus novo — disse Ebor Dendep com sua voz seca e velha. — O filho do incêndio da floresta, o irmão dos assassinados. Ele é aquele que não renasce. Agora vão, todos vocês, vão para a Casa. Vejam quem irá com Selver, cuidem da comida para levar. Deixem-me um pouco sozinha. Estou tão cheia de maus pressentimentos quanto um velho idiota. Preciso sonhar...

Naquela noite, Coro Mena foi com Selver até o local onde se conheceram, sob os salgueiros cor de cobre perto do riacho. Muitas pessoas acompanhariam Selver rumo ao Sul, umas sessenta ao todo, a maior tropa em deslocamento simultâneo já vista pela maioria das pessoas. Elas causariam grande comoção e, assim, reuniriam muitas outras rumo à travessia marítima para Sornol. Por aquela única noite, Selver reivindicou seu privilégio de Sonhador: a solidão. Ele partiria sozinho. Seus seguidores o alcançariam de manhã; e daquele momento em diante, comprometido com a multidão e com o ato, ele teria pouco tempo para o processo lento e profundo dos grandes sonhos.

— Nós nos conhecemos aqui — o velho disse, parando entre os galhos arqueados e os véus de folhas que desciam deles — e aqui nos separamos. Este lugar, sem dúvida, será chamado de Bosque de Selver pelas pessoas que passarem por nossas trilhas daqui em diante.

Parado, imóvel como uma árvore, Selver não falou nada por um tempo. Ao seu redor, as folhas agitadas e prateadas escureciam à medida que nuvens que se condensavam e encobriam as estrelas.

— Você está mais seguro a meu respeito do que eu — disse ele, por fim, uma voz na escuridão.

— Sim, estou seguro, Selver... Fui bem treinado na habilidade do sonho e, além disso, sou velho. Agora sonho muito pouco para mim mesmo. Por que deveria fazer isso? Poucas coisas são novas para mim. O que eu queria da vida, eu tive, e mais. Tive minha vida inteira. Dias parecidos com as folhas da floresta. Sou uma árvore velha e oca, apenas as raízes estão vivas. Então, sonho apenas o que todos os homens sonham. Não tenho visões nem desejos. Vejo o que existe. Vejo a fruta amadurecendo no galho. Há quatro anos vem amadurecendo, o fruto daquela árvore plantada bem fundo. Por quatro anos, todos nós tivemos medo, mesmo nós, que moramos longe das cidades dos yumanos e só os vimos de relance, às escondidas, ou vimos suas naves voando, ou observamos os lugares mortos onde derrubaram o mundo, ou ouvimos meros relatos dessas coisas. Estamos todos com medo. As crianças acordam do sono gritando por causa de gigantes; as mulheres não vão longe em suas viagens de troca; nas Casas, os homens não conseguem cantar. O fruto do medo está amadurecendo. Vejo você colhendo-o. Você é o colhedor. Tudo o que tememos conhecer, você viu, você conheceu: exílio, vergonha, dor, o telhado e as paredes do mundo caindo, a mãe morta na miséria, as crianças sem ensinamentos, sem cuidados... Este é um momento novo para o mundo: um momento ruim. E você sofreu de tudo. Você foi mais longe. E no ponto mais distante, no fim da trilha escura, cresce a Árvore; lá a fruta amadurece; agora estenda a mão, Selver, colha-a. E quando um homem segura em suas mãos o fruto daquela árvore, cujas raízes são mais profundas do que a floresta, o mundo muda completamente. Os homens saberão disso. Eles vão conhecê-lo como nós o conhecemos. Não é preciso um velho ou um Grande Sonhador para reconhecer um deus! Onde você vai, o fogo queima; somente os cegos não podem enxergar isso. Mas ouça, Selver, é isso que vejo e que talvez os outros não vejam, é por isso que me afeiçoei a você: sonhei com você antes de nos conhecermos aqui. Você estava caminhando por uma trilha, atrás de você as árvores germinavam, carvalho e bétula, salgueiro e azevinho, abeto e pinheiro, amieiro, olmeiro, freixo de flores brancas, todo o telhado e as paredes do mundo, para sempre renovados. Agora, vá em paz, querido deus e filho, vá em segurança.

A noite escureceu quando Selver partiu. Mesmo seus olhos, que podiam enxergar à noite, não distinguiam nada além de massas escuras. Começou a chover. Ele só tinha se afastado alguns quilômetros de Cadast quando precisou acender uma tocha ou parar. Decidiu parar e, tateando, encontrou um lugar entre as raízes de um grande castanheiro. Sentou-se ali, as costas contra o tronco largo e retorcido que ainda parecia conservar um pouco do calor do sol. A chuva fina caía, invisível na escuridão, tamborilava nas folhas mais altas, em seus braços, no pescoço e na cabeça protegida por cabelos grossos e sedosos, na terra, nas samambaias e no mato próximo, nas folhas da floresta, perto e longe. Selver estava tão quieto quanto a coruja cinzenta em um galho acima dele, em vigília, e manteve os olhos bem abertos na escuridão chuvosa.

O capitão Raj Lyubov estava com dor de cabeça. A dor começara fraca nos músculos do ombro direito e fora subindo e crescendo até virar uma batida esmagadora sobre sua orelha direita. Os centros da fala ficam no córtex cerebral esquerdo, ele pensou, mas não conseguiria ter pronunciado isso – não conseguia falar, ler, dormir ou pensar. Córtex, vórtex. Enxaqueca, encha o côco, ai, ai, ai. É claro que já tinha sido curado da enxaqueca uma vez, na faculdade, e outra, durante as obrigatórias Sessões de Psicoterapia Profilática do Exército, mas trouxera consigo algumas pílulas de ergotamina ao deixar a Terra, só por precaução. Tomou duas, um super-hiper-mega-analgésico, um calmante e um sal de frutas para neutralizar a cafeína que faz mal à ergotamina, mas a furadeira ainda fazia pressão de dentro para fora, bem acima de seu ouvido direito, ao ritmo de um grande bumbo. Cal, mal, sal, grau, ai, Senhor! Deus nos livre. Queda livre. O que os athsheanos faziam com enxaquecas? Eles não teriam enxaqueca, sonhariam acordados expurgando as tensões uma semana antes de as sentirem. Tente, tente sonhar acordado. Comece como Selver ensinou. Embora, por não saber nada de eletricidade, não conseguisse realmente compreender os princípios do EEG, assim que ouviu falar nas ondas alfa e em quando elas aparecem, ele disse:

— Ah, sim, é disso que você está falando. — E então surgiram os inconfundíveis rabiscos das ondas alfa no gráfico que registrava o que se passava no interior de sua cabecinha verde; e ele ensinou Lyubov a ativar e desativar os ritmos alfa em uma aula de meia hora. Na verdade, era fácil. Mas agora não, o mundo é demais para nós, ai, ai, ai... acima do ouvido direito sempre escuto a carruagem alada do tempo que se aproxima, pois os athsheanos tinham incendiado a Base de Smith anteontem e matado duzentos homens. Duzentos e sete, para ser mais preciso. Mataram todos os homens vivos, exceto o capitão. Não era de se admirar que as pílulas não chegassem ao centro da enxaqueca, ela estava em uma ilha a 320 quilômetros e a dois dias de distância. No alto das colinas e muito longe. Cinzas, cinzas, todas caem. E entre as cinzas, todo o seu conhecimento sobre as Formas de Vida de Alta Inteligência do Mundo 41. Poeira, lixo, uma bagunça de dados falsos e hipóteses enganadoras. Quase cinco anos-T ali e ele acreditara que os athsheanos eram incapazes de matar homens, da própria espécie ou da dele. Tinha escrito longos artigos para explicar como e por que eles não conseguiam matar homens. Tudo errado. Completamente errado.

O que ele deixara de notar?

Estava quase na hora de se dirigir à reunião no QG. Lyubov levantou-se com cuidado, movendo tudo de uma só vez para que o lado direito da cabeça não caísse; aproximou-se de sua mesa com o ritmo de um homem andando embaixo d'água, serviu uma dose de vodca General Issue e bebeu. Aquilo o virava do avesso: tornava-o extrovertido, tornava-o normal. Ele se sentiu melhor. Saiu e, incapaz de suportar o balanço de sua moto, começou a andar pela longa e empoeirada Rua Principal de Centralville, rumo ao QG. Passando pelo Luau, ele pensou, ávido, em outra vodca; mas o capitão Davidson estava entrando pela porta e Lyubov foi em frente.

A tripulação da *Shackleton* já estava na sala de conferências. Dessa vez, o comandante Yung, que ele já conhecia, trouxe alguns rostos novos da órbita. Eles não usavam uniforme da Marinha; depois de um instante, um pouco surpreso, Lyubov os reconheceu como humanos não terranos. Imediatamente, buscou as apresentações. O primeiro, sr. Or, era um cetiano peludo, cinza escuro, atarracado e severo; o outro, sr. Lepennon, era alto, branco e bonito: um hainiano. Eles cumprimentaram Lyubov com interesse e Lepennon disse:

— Acabei de ler seu relatório sobre o controle consciente do sono paradoxal entre os athsheanos, dr. Lyubov.

— Aquilo foi gratificante, assim como ser chamado pelo próprio e merecido título de doutor. A conversa deles indicava que tinham passado alguns anos na Terra e que podiam ser especialistas em FOVIALI ou algo parecido; mas, ao apresentá-los, o comandante não mencionou qual cargo ou posição tinham.

A sala estava ficando cheia. Gosse, o ambientalista da colônia, entrou; assim como todos os de alta patente; assim como o capitão Susun, chefe de Desenvolvimento Planetário (operações de extração de madeira), cuja área de comando, como a de Lyubov, fora uma invenção necessária para a paz de espírito dos militares. O capitão Davidson veio sozinho, altivo, bonito, com expressão calma e bastante severa em seu rosto esbelto e rude. Guardas estavam posicionados em todas as portas. Os colarinhos do Exército estavam todos rígidos como pés de cabra. A reunião era, nitidamente, uma investigação. *De quem era a culpa?* Minha, Lyubov pensou, em desespero; mas, esquecendo um pouco o desespero, olhou para o outro lado da mesa, para o capitão Don Davidson, com aversão e desprezo.

O comandante Yung tinha uma voz muito baixa.

— Como sabem, senhores, minha nave parou aqui no Mundo 41 para deixar um novo grupo de colonos e nada mais; a missão da *Shackleton* é o Mundo 88, Prestno, do Grupo de Hain. No entanto, esse ataque à base avançada de vocês, que calhou de acontecer durante nossa semana aqui, não pode ser simplesmente ignorado; em especial à luz de certos desdobramentos sobre os quais, no curso normal das coisas, vocês teriam sido informados um pouco mais tarde. O fato é que a condição de colônia terrestre do Mundo 41 está, agora, sujeita a revisão, e o massacre em sua base pode precipitar as decisões da Administração quanto a isso. Com toda certeza, as decisões que *nós* podemos tomar devem ser tomadas de imediato, pois não posso manter minha nave aqui por muito tempo. Agora, em primeiro lugar, queremos nos certificar de que todos os presentes estão cientes de todos os fatos relevantes. O relatório do capitão Davidson sobre os eventos na Base de Smith foi gravado e todos nós na nave o ouvimos; todos vocês aqui também? Ótimo. Agora, se há perguntas que qualquer um queira fazer ao capitão Davidson, prossigam. Eu mesmo tenho uma. O senhor voltou ao local da base no dia seguinte, capitão Davidson, em um grande gafanhoto com oito soldados; o senhor recebeu permissão de algum oficial sênior aqui da Central para esse voo?

Davidson levantou-se.

— Tive, senhor.

— E tinha autorização para pousar e incendiar a floresta perto da base?

— Não, senhor.

— No entanto, o senhor iniciou o fogo?
— Iniciei, senhor. Eu estava tentando exterminar os creechies que mataram meus homens.
— Muito bem. Sr. Lepennon?
O hainiano alto pigarreou.
— Capitão Davidson — disse ele —, o senhor acha que as pessoas sob seu comando na Base de Smith estavam, em sua maioria, satisfeitas?
— Sim, eu acho.
A postura de Davidson era firme e direta; parecia indiferente ao fato de que estava enrascado. Aqueles oficiais e estrangeiros da Marinha obviamente não tinham nenhuma autoridade sobre ele; era ao seu coronel que deveria responder por perder duzentos homens e fazer represálias não autorizadas. Mas seu coronel estava ali, ouvindo.
— Eles estavam bem alimentados, bem alojados, sem excesso de trabalho, tão bem quanto possível em uma base colonizadora?
— Sim.
— A manutenção da disciplina era muito dura?
— Não, não era.
— O que você acha que motivou a revolta?
— Não compreendo.
— Se nenhum deles estava insatisfeito, por que alguns massacraram os demais e destruíram a base?
Houve um silêncio de preocupação.
— Posso acrescentar uma informação? — disse Lyubov. — Foram os nativos, os athsheanos empregados na base, que se juntaram em um ataque do povo da floresta contra os humanos terranos. Em seu relatório, o capitão Davidson se referiu aos athsheanos como "creechies".
Lepennon pareceu constrangido e apreensivo.

— Obrigado, dr. Lyubov. Entendi completamente errado. Na realidade, tomei a palavra "creechie" como significando uma casta terrana que fazia um trabalho servil nos campos de extração de madeira. Acreditando, como todos nós acreditávamos, que os athsheanos não tinham agressividade intraespecífica, nunca pensei que poderiam ser o grupo em questão. Na verdade, não percebi que eles cooperavam com vocês em suas bases... De qualquer forma, estou mais perdido do que nunca para entender o que provocou o ataque e o motim.

— Não sei, senhor.

— Quando o capitão disse que as pessoas sob seu comando estavam satisfeitas, ele incluiu os povos nativos? — perguntou Or, o cetiano, em um murmúrio seco. O hainiano captou de imediato e perguntou a Davidson, em sua voz cortês e preocupada:

— O senhor acha que os athsheanos estavam vivendo satisfeitos na base?

— Até onde sei.

— Não havia nada incomum na posição deles lá ou no trabalho que precisavam executar?

Lyubov sentiu o aumento da tensão, um aperto no parafuso, no coronel Dongh e em sua equipe, e também no comandante da nave estelar. Davidson permaneceu calmo e relaxado.

— Nada incomum.

Lyubov sabia agora que apenas seus estudos científicos tinham sido enviados para a *Shackleton*; seus protestos, até mesmo suas avaliações anuais do "Ajuste Nativo à Presença Colonial", exigidas pela Administração, tinham sido mantidos no fundo de alguma gaveta do QG. Aqueles dois HNT não sabiam nada sobre a exploração dos athsheanos. O comandante Yung sabia, óbvio, ele já estivera ali antes e provavelmente tinha visto os currais de creechies. De qualquer forma, um comandante da Marinha em uma temporada na colônia não precisava aprender muito sobre as relações entre especialistas FOVIALI terranos. Quer ele aprovasse ou não o modo como a Administração Colonial gerenciava suas atividades, não havia muita coisa que o chocasse. Mas o quanto um cetiano e um hainiano poderiam saber sobre colônias terranas, a menos que o acaso os levasse a uma delas quando estivessem a caminho de algum outro lugar? Lepennon e Or não pretendiam vir para esse planeta. Ou, quem sabe, talvez não tenham sido designados para cá, mas, ao ouvir falar nos problemas, tenham insistido. Por que o comandante os trouxe: foi vontade dele ou deles? Quem quer que fossem, traziam em si uma pontinha de autoridade, um vestígio do aroma seco e intoxicante do poder.

A dor de cabeça de Lyubov sumira, ele se sentia alerta e agitado, seu rosto estava um pouco febril.

— Capitão Davidson — disse ele —, tenho algumas perguntas relacionadas ao seu confronto com quatro nativos antes de ontem. Você tem certeza de que um deles era Sam ou Selver Thele?

— Acredito que sim.

— Está ciente de que ele tem um ressentimento pessoal contra você?

— Não sei.

— Não sabe? Desde que a esposa dele morreu em seus aposentos depois de você ter relações sexuais com ela, ele o responsabiliza pelo que aconteceu; você não sabia? Ele o atacou uma vez antes, aqui em Centralville; você tinha se esquecido disso? Bom, a questão é que o ódio pessoal de Selver pelo capitão Davidson pode servir como explicação ou motivação parcial para esse ataque sem precedentes. Os athsheanos não são incapazes de violência pessoal, isso nunca foi afirmado em nenhum de meus estudos sobre eles. Adolescentes que não dominam o sonho controlado ou o canto competitivo se envolvem em muitas lutas livres e brigas de socos, nem sempre com bom-humor. Mas Selver é um adulto e um perito; e seu primeiro ataque pessoal ao capitão Davidson, parte do qual eu, por acaso, testemunhei, com certeza foi uma tentativa de assassinato. Como foi, aliás, a retaliação do capitão. Na época, pensei naquele ataque como um incidente psicótico isolado, resultante de sofrimento e estresse, que provavelmente não se repetiria. Eu estava errado... Capitão, quando os quatro athsheanos atacaram você em uma emboscada, como descreve em seu relatório, você acabou estendido no chão?

— Sim.

— Em que posição?

O rosto calmo de Davidson se retesou e paralisou; Lyubov sentiu uma pontada de remorso. Ele queria encurralar Davidson em suas mentiras, forçá-lo a falar a verdade pelo menos uma vez, mas não para humilhá-lo diante dos outros. As acusações de estupro e assassinato sustentavam a autoimagem de Davidson como um homem totalmente viril, mas agora essa imagem estava em perigo: Lyubov havia evocado uma visão dele, o soldado, o lutador, o homem descolado e durão, sendo derrubado por inimigos do tamanho de crianças de seis anos... Então, a que custo Davidson recordou aquele momento em que ficou, pela primeira vez, olhando para os homenzinhos verdes de baixo para cima, não de cima para baixo?

— Eu estava de costas.

— Sua cabeça foi estirada ao chão ou virada de lado?

— Não sei.

— Estou tentando estabelecer um fato aqui, capitão, que pode ajudar a explicar por que Selver não o matou, embora ele tenha ressentimento contra você e tenha ajudado a matar duzentos homens algumas horas antes. Imaginei se você poderia, por acaso, ter estado em uma das posições que, quando assumidas por um athsheano, evitam que seu oponente sofra mais agressões físicas.

— Não sei.

Lyubov olhou em volta da mesa de conferência; todos os rostos mostravam curiosidade e alguma tensão.

— Esses gestos e posições de interrupção da agressão podem ter alguma base inata, podem surgir de uma reação a um gatilho de instinto de sobrevivência, mas são socialmente desenvolvidos, ampliados e, é claro, aprendidos. O mais forte e mais completo deles é uma posição estendida, de costas, olhos fechados, cabeça virada para que a garganta fique bem exposta. Acho que um athsheano das culturas locais talvez considere impossível ferir um inimigo que assuma essa posição. Ele teria que fazer outra coisa para liberar sua raiva ou impulso agressivo. Quando todos eles derrubaram você, capitão, por acaso Selver cantou?

— Ele o quê?

— Cantou.

— Não sei.

Bloqueio. Nada a fazer. Lyubov estava prestes a dar de ombros e desistir quando o cetiano perguntou:

— Por que, sr. Lyubov? — A mais cativante característica do temperamento ligeiramente hostil dos cetianos era a curiosidade, uma inoportuna e inesgotável curiosidade; os cetianos morriam de curiosidade, ansiosos para saber o que vinha a seguir.

— Sabem — disse Lyubov —, os athsheanos usam uma espécie de canto ritualizado para substituir o embate físico. Mais um fenômeno social universal que pode ter uma base fisiológica, embora seja muito difícil estabelecer algo como "inato" nos seres humanos. No entanto, entre dois machos, os primatas superiores daqui entram todos em competição vocal, há muitos uivos e assobios; por fim, o macho dominante pode dar uma punhalada no outro, mas geralmente eles apenas passam mais ou menos uma hora tentando se sobrepujar. Os próprios athsheanos enxergam a analogia de suas competições de canto, que também são apenas entre homens; porém, como eles mesmos observam, em seu caso não são apenas liberações de agressão, mas também uma forma de arte. O melhor artista vence. Eu me perguntei se Selver cantou sobre o capitão Davidson e, em caso positivo, se ele fez isso porque não conseguia matá-lo ou porque preferiu a vitória sem sangue. De repente, essas perguntas se tornaram bastante urgentes.

— Dr. Lyubov — disse Lepennon —, quão eficazes são esses mecanismos de canalização da agressividade? São universais?

— Entre adultos, sim. Segundo declaram meus informantes e todas as minhas observações confirmavam, até antes de ontem. Estupro, ataque violento e assassinato praticamente não existem entre eles. Há acidentes, claro. E há psicóticos. Não existem muitos destes últimos.

— O que eles fazem com psicóticos perigosos?

— Eles os isolam. Literalmente. Em pequenas ilhas.

— Os athsheanos são carnívoros, caçam animais?

— Sim, a carne é um alimento básico.

— Incrível — disse Lepennon, e sua pele branca empalideceu ainda mais de pura empolgação. — Uma sociedade humana com uma barreira de guerra eficaz! Qual é o preço disso, dr. Lyubov?

— Não sei ao certo, sr. Lepennon. Talvez a mudança. Eles formam uma sociedade estática, estável, uniforme. Não têm história. Estão perfeitamente integrados e, em sua totalidade, não progressistas. Pode-se dizer que, como a floresta em que vivem, alcançaram um estado de apogeu. Mas não quero dar a entender que sejam incapazes de adaptação.

— Senhores, isso é muito interessante, mas em um quadro de referência um tanto especializado, e pode estar um pouco fora do contexto que estamos tentando esclarecer aqui...

— Não, desculpe, coronel Dongh, a questão pode ser justamente essa. Não é, dr. Lyubov?

— Bem, eu me pergunto se não estão provando sua adaptabilidade agora. Ao adaptarem seu comportamento a nós. À colônia terrestre. Por quatro anos, eles se comportaram conosco como se comportam uns com os outros. Apesar das diferenças físicas, nos reconheceram como membros de sua espécie, como homens. No entanto, não reagimos como membros da espécie deles deveriam reagir. Ignoramos as reações, os direitos e as obrigações da não violência. Matamos, estupramos, dispersamos e escravizamos humanos nativos, destruímos suas comunidades e derrubamos suas florestas. Não seria surpresa se eles decidissem que não somos humanos.

— E, portanto, podemos ser mortos, como animais, sim, claro — disse o cetiano, deleitando-se com a lógica; mas o rosto de Lepennon agora estava rígido como uma pedra branca.

— Escravizamos? — ele questionou.

— O capitão Lyubov está expressando suas opiniões e teorias pessoais — afirmou o coronel Dongh —, que, devo dizer, considero possivelmente equivocadas; ele e eu discutimos esse tipo de assunto no passado, embora o contexto atual seja inapropriado. Não empregamos escravos, senhor. Alguns dos nativos desempenham um papel útil em nossa comunidade. O Corpo de Trabalho Autóctone Voluntário é parte de todas as bases temporárias aqui. Temos muito pouco pessoal para realizar nossas tarefas, precisamos de mão de obra e empregamos toda aquela que conseguimos obter, mas certamente não com base em qualquer coisa que possa ser chamada de escravidão.

Lepennon estava prestes a falar, mas cedeu a vez ao cetiano, que disse apenas:

— Quantos de cada raça?

Gosse respondeu:

— Agora, 2.641 terranos. Lyubov e eu estimamos a população de FOVIALI nativas em cerca de três milhões.

— Vocês deveriam ter considerado essas estatísticas, senhores, antes de alterar as tradições nativas! — disse Or, com uma risada desagradável, mas completamente cordial.

— Temos armas e equipamentos adequados para resistir a qualquer tipo de agressão que essa população nativa possa representar — afirmou o coronel. — No entanto, houve um consenso entre as primeiras missões exploratórias e nossa equipe de pesquisadores especialistas, liderados pelo capitão Lyubov aqui, que nos deu a entender que os novo-taitianos são uma espécie primitiva, inofensiva e amante da paz. Essa informação estava, obviamente, equivocada.

Or interrompeu o coronel.

— Obviamente! O senhor considera a espécie humana primitiva, inofensiva e amante da paz, coronel? Não. Mas o senhor sabia que as FOVIALI deste planeta são humanas? Tão humanos quanto você, eu ou Lepennon, uma vez que todos viemos da mesma linhagem hainiana original?

— Essa é a teoria científica, estou ciente...

— Coronel, esse é um fato histórico.

— Não sou obrigado a aceitá-lo como um fato — disse o velho coronel, se exaltando — e não gosto que coloquem opiniões em minha boca. O fato é que esses creechies têm um metro de altura, são cobertos com pelos verdes, não dormem e não são seres humanos segundo meu quadro de referência!

— Capitão Davidson — disse o cetiano —, o senhor considera as FOVIALI nativas humanas ou não?

— Não sei.

— Mas teve relações sexuais com uma, a esposa desse tal Selver. O senhor teria relações sexuais com a fêmea de um animal? E quanto ao resto dos senhores? — Ele olhou para o coronel, que estava roxo, os majores de olhar furioso, os capitães lívidos, os especialistas que se encolhiam de medo. O desprezo tomou seu rosto. — Os senhores não refletiram sobre isso — ele concluiu. Pelos padrões dele, aquilo era um insulto brutal.

Por fim, o comandante da *Shackleton* resgatou as palavras caídas no golfo do silêncio envergonhado.

— Bem, senhores, a tragédia na Base de Smith está nitidamente implicada em todo o relacionamento entre colônia e nativos e não é, de forma alguma, um episódio insignificante ou isolado. Era isso que precisávamos determinar. E sendo este o caso, podemos oferecer certa contribuição para reduzir os problemas de vocês aqui. O principal objetivo de nossa viagem não era desembarcar aqui duas centenas de moças, embora eu saiba que os senhores estavam aguardando por elas, mas sim chegar a Prestno, que tem enfrentado algumas dificuldades, e dar ao governo local um ansível. Ou seja, o transmissor de DCI.

— O quê? — disse Sereng, um engenheiro. Por toda a mesa, os olhares ficaram estáticos.

— O que temos a bordo é um modelo inicial e custa quase uma receita planetária anual. Isso, óbvio, 27 anos atrás, no tempo planetário. Agora, o estão produzindo a um custo relativamente baixo; eles são PO na frota da Marinha e, seguindo o curso normal das coisas, um robô ou uma nave tripulada viriam à sua colônia trazer-lhes um. Na verdade, é uma nave tripulada da Administração, ela está a caminho e deve chegar aqui em 9,4 anos-T, se bem me lembro.

— Como sabe disso? — alguém perguntou, armando para o comandante Yung, que respondeu sorrindo.

— Pelo ansível: aquele que temos a bordo. Sr. Or, seu pessoal inventou o dispositivo, talvez você possa explicá-lo para aqueles aqui que não estão familiarizados com os termos?

O cetiano não relaxou.

— Não tentarei explicar os princípios da operação do ansível aos presentes — disse ele. — Seu efeito pode ser formulado de maneira simples: a transmissão instantânea de uma mensagem a qualquer distância. Um elemento deve estar em um corpo de grande massa, o outro pode estar em qualquer lugar do cosmos. Desde sua chegada em órbita, a *Shackleton* está em comunicação diária com Terran, agora a 27 anos-luz de distância. A mensagem não leva 54 anos para entrega e resposta, como ocorreria em um dispositivo eletromagnético. Ela não demora tempo algum. Não há mais intervalo de tempo entre os mundos.

— Assim que saímos da dilatação do tempo da QUAVEL no espaço-tempo planetário daqui, ligamos para casa, por assim dizer — prosseguiu o comandante de voz suave. — E fomos informados do que aconteceu durante os 27 anos que estivemos viajando. O intervalo de tempo para os corpos permanece, mas a defasagem de informação, não. Como podem ver, isso é tão importante para nós enquanto espécie interestelar como a própria fala já foi em nossa evolução. Terá o mesmo efeito: tornar possível uma sociedade.

— O sr. Or e eu deixamos a Terra, 27 anos atrás, como Enviados de nossos respectivos governos, Tau II e Hain — disse Lepennon. Sua voz ainda era branda e civilizada, mas a cordialidade havia desaparecido. — Quando saímos, as pessoas estavam falando sobre a possibilidade de formar algum tipo de liga entre os mundos civilizados, agora que a comunicação era possível. A Liga dos Mundos agora existe. Existe há dezoito anos. O sr. Or e eu agora somos Emissários do Conselho da

Liga e, portanto, temos certos poderes e responsabilidades que não tínhamos ao sair da Terra.

Os três que vieram na nave ficavam dizendo aquelas coisas: um comunicador instantâneo existe, um super governo interestelar existe... Era difícil acreditar. Eles formavam uma liga de mentirosos. Esse pensamento passou pela mente de Lyubov. Ele o avaliou e decidiu que era uma suspeita razoável, mas injustificada, um mecanismo de defesa. E descartou-o. Alguns militares, no entanto, treinados para compartimentar o pensamento, especialistas em autodefesa, aceitariam essa ideia sem hesitar da mesma maneira que ele a descartou. Eles provavelmente acreditavam que qualquer um que alegasse uma autoridade nova e repentina era um mentiroso ou conspirador. Não estavam mais condicionados do que Lyubov, que fora treinado para manter a mente aberta, querendo ou não.

— Devemos aceitar isso... tudo isso... simplesmente com base na sua palavra, senhor? — questionou o coronel Dongh, com dignidade e um pouco emocionado; pois ele, atrapalhado demais para compartimentar de forma ordenada, sabia que não deveria acreditar em Lepennon, Or e Yung, mas acreditou e ficou assustado.

— Não — disse o cetiano. — Isso acabou. Uma colônia como esta precisava acreditar no que naves de passagem e mensagens de rádio desatualizadas lhe dizia. Agora, não. Agora os senhores podem verificar as informações por si mesmos. Vamos lhes dar o ansível destinado a Prestno. Temos autorização da Liga para fazer isso. Recebida, é claro, por meio do ansível. Esta colônia dos senhores está em um mau caminho. Pior do que eu pensava com base em seus relatórios. Eles são muito incompletos; a censura ou a estupidez estiveram em ação. Agora, no entanto, os senhores terão o ansível à disposição e poderão conversar com a Administração de Terran. Podem solicitar ordens sobre como proceder. Dadas as profundas mudanças que estão acontecendo na organização do Governo Terrano desde que saímos de lá, recomendo que façam isso imediatamente. Não há mais desculpa para agir sob ordens obsoletas, seja por ignorância, seja por autonomia irresponsável.

Azede um cetiano e, como leite, ele permanecerá azedo. O sr. Or estava sendo autoritário e o comandante Yung precisava calá-lo. Mas será que poderia? Qual a posição hierárquica de um "Emissário do Conselho da Liga dos Mundos"? Quem ali estava no comando, perguntou-se Lyubov, e sentiu um arrepio de medo. A dor de cabeça havia retornado como sensação de contração, uma espécie de faixa apertada sobre as têmporas.

Ele olhou para o outro lado da mesa, para as mãos brancas de dedos longos de Lepennon, a esquerda sobre a direita, imóveis, na mesa de madeira polida. Para o gosto estético terrano de Lyubov, a pele branca era um defeito, mas a serenidade e a força daquelas mãos o agradavam muito. Para os hainianos, ele pensou, a civilização era natural. Eles estavam nisso há tanto tempo... Viviam a vida sócio-intelectual com a graça de um gato caçando em um jardim, com a certeza de uma andorinha sobre o mar buscando o verão. Eles eram especialistas. Nunca precisaram representar, fingir. Eram o que eram. Ninguém parecia se encaixar na pele humana tão bem. Exceto, talvez, os homenzinhos verdes? Os aberrantes, apequenados, super adaptados e estagnados creechies, que eram o que eram de forma tão absoluta e honesta quanto serena...

Um oficial, Benton, estava perguntando a Lepennon se ele e Or estavam no planeta como observadores da (ele hesitou) Liga dos Mundos ou se reivindicavam alguma autoridade para... Educadamente, Lepennon o interrompeu:

— Aqui, somos observadores. Não recebemos poderes para comandar, apenas para relatar. Os senhores ainda respondem apenas a seu próprio governo na Terra.

Aliviado, o coronel Dongh disse:

— Então, essencialmente, nada mudou...

— Os senhores estão se esquecendo do ansível — Or interrompeu. — Vou instruí-los em como operá-lo, coronel, assim que esta discussão terminar. Depois os senhores poderão consultar sua Administração Colonial.

— Como seu problema aqui é bastante urgente e, já que a Terra agora é membro da Liga e pode ter alterado o Código Colonial nos últimos anos, o conselho do sr. Or é adequado e oportuno. Devemos ser muito gratos ao sr. Or e ao sr. Lepennon por sua decisão de dar a esta colônia terrana o ansível destinado a Prestno. A decisão foi deles. Só posso aplaudi-los. Agora, resta mais uma decisão, e esta sou eu quem deve tomar, usando o julgamento dos senhores como meu guia. Se sentem que a colônia está sob risco iminente de ataques adicionais e mais maciços dos nativos, posso manter minha nave aqui por uma semana ou duas como arsenal de defesa. Também posso evacuar as mulheres. Não há crianças ainda, certo?

— Não, senhor — disse Gosse. — Agora, são 482 mulheres.

— Bem, tenho espaço para 380 passageiros; podemos aglomerar mais cem lá dentro, a massa extra acrescentaria um ano ou mais à viagem de volta, mas é uma possibilidade. Infelizmente, é tudo o que posso fazer. Temos de seguir para Prestno, que é seu vizinho mais próximo, como sabem, a 1,8 anos-luz de distância. Vamos parar aqui no caminho de volta para Terran, mas serão 3,5 anos-luz a mais. Vocês conseguem aguentar?

— Sim — afirmou o coronel, e os outros o ecoaram. — Tivemos um aviso agora e não seremos pegos desprevenidos outra vez.

— Da mesma forma — continuou o cetiano —, os habitantes nativos conseguem aguentar a situação por mais 3,5 anos terrestres?

— Sim — disse o coronel.

— Não — disse Lyubov. Ele estava observando o rosto de Davidson e fora tomado por uma espécie de pânico.

— Coronel? — falou Lepennon, de forma educada.

— Estamos aqui há quatro anos e os nativos seguem prosperando. Há espaço suficiente e de sobra para todos nós, como podem ver; o planeta é bastante subpovoado e a Administração não o teria liberado para propósitos de colonização se não fosse assim. E se isso passou pela cabeça de alguém, eles não vão nos pegar de surpresa de novo; tínhamos informações incorretas sobre a natureza desses nativos, mas estamos totalmente armados e aptos para nos defender, embora não planejemos qualquer represália. Isso é expressamente proibido pelo Código Colonial, embora eu não saiba quais regras o novo governo pode ter acrescentado, mas vamos nos ater às nossas regras como temos feito, e elas rejeitam com clareza represálias em massa ou genocídios. Não vamos ficar enviando mensagens com pedidos de ajuda. Afinal, uma colônia a 27 anos-luz de distância nasce esperando estar por conta própria e ter, de fato, completa autossuficiência. Não acho que o DCI vá alterar isso de fato, dado que nave e homens e materiais ainda precisam viajar quase à velocidade da luz. Simplesmente continuaremos a remessa de madeira para casa e vamos cuidar de nós mesmos. As mulheres não correm perigo.

— Sr. Lyubov? — perguntou Lepennon.

— Estamos aqui há quatro anos. Não sei se a cultura humana nativa vai sobreviver a mais quatro. Quanto à ecologia do território como um todo, acho que Gosse me apoiará se eu disser que destruímos, de forma irrecuperável, os biossistemas nativos em uma grande ilha, causamos grandes danos no subcontinente de Sornol e, se mantivermos a taxa atual de desmatamento, poderemos reduzir os principais territórios habitáveis a desertos em dez anos. Não é culpa do QG colonial ou do Departamento Florestal; eles apenas seguiram um plano de desenvolvimento elaborado na Terra sem conhecimento suficiente sobre o planeta a ser explorado, seus biossistemas ou seus habitantes humanos nativos.

— Sr. Gosse? — disse a voz educada.

— Bem, Raj, você está aumentando um pouco as coisas. Não há como negar que a Ilha da Desova, que foi desmatada em excesso, em uma contravenção direta às minhas recomendações, deu perda total. Se derrubamos, em determinada região, mais do que determinada porcentagem da floresta, as plantas de raízes fibrosas não voltam a germinar; vejam, senhores, o sistema radicular das plantas fibrosas é o principal aglutinante do solo em terras desmatadas. Sem ele, o solo vira poeira e desliza muito depressa sob a erosão do vento e das fortes chuvas. Mas não posso concordar que nossas diretrizes básicas sejam falhas, desde que seguidas com o máximo escrúpulo. Elas se baseiam em um cuidadoso estudo do planeta. Fomos bem-sucedidos aqui em Central ao seguir o plano: a erosão é mínima e o solo desmatado é altamente arável. Afinal, desmatar uma floresta não significa criar um deserto, exceto, talvez, do ponto de vista de um esquilo. Não podemos prever com exatidão como os biossistemas da floresta nativa se adaptarão ao novo entorno de mata-pradaria-terreno-arado que está previsto no Plano de Desenvolvimento, mas sabemos que, para uma grande porcentagem, as chances de adaptação e sobrevivência são boas.

— Foi o que o Departamento de Gestão do Solo falou sobre o Alasca durante a Primeira Grande Fome — disse Lyubov. Sua garganta tinha se contraído e, dessa forma, sua voz saiu fina e rouca. Ele contava com Gosse para apoiá-lo. — Quantos abetos você viu na vida, Gosse? Ou corujas? Ou lobos? Ou esquimós? A porcentagem de sobrevivência de espécies nativas do Alasca no próprio habitat, após quinze anos do Programa de Desenvolvimento, foi de 0,3%. Agora é zero... A ecologia de uma floresta é delicada. Se ela perecer, sua fauna vai junto. A palavra athsheana para *mundo* também é a palavra para *floresta*. Alego, comandante Yung, que, embora a colônia não esteja em perigo iminente, o planeta está...

— Capitão Lyubov — disse o velho coronel —, tais alegações não devem ser apresentadas por oficiais especialistas da equipe a oficiais de outras áreas do serviço, mas se assentar no julgamento dos oficiais seniores da Colônia, e não posso tolerar mais nenhuma tentativa como essa de dar conselhos sem autorização prévia.

Pego de surpresa pela própria explosão, Lyubov pediu desculpas e tentou parecer calmo. Se ao menos não se irritasse, se sua voz não ficasse fraca e rouca, se ele tivesse equilíbrio...

O coronel continuou:

— Ao que nos parece, você tirou conclusões seriamente equivocadas quanto ao caráter pacífico e não agressivo dos nativos daqui, e foi por confiarmos na afirmação de um especialista de que eles não eram agressivos que nos permitimos ficar vulneráveis a esta terrível tragédia na Base de Smith, capitão Lyubov. Então, acho que precisamos esperar até que outros especialistas em FOVIALI tenham tempo de estudá-los, pois é evidente que suas teorias estavam, pelo menos em certa medida, equivocadas.

Lyubov se sentou e engoliu aquilo. Os homens da nave que os vejam passando a culpa de um para o outro como uma batata quente: tanto melhor. Quanto mais dissenso demonstrassem, maior seria a probabilidade de que aqueles Emissários reparassem e observassem. E ele tinha culpa: ele tinha errado. Dane-se meu amor-próprio, contanto que os povos da floresta tenham alguma chance, Lyubov pensou, e então foi tomado por uma percepção tão forte da própria humilhação e do próprio autossacrifício que lágrimas surgiram em seus olhos.

Ele tinha consciência de que Davidson o observava.

Sentou-se, retesado, o sangue quente no rosto, as têmporas tamborilando. Não seria alvo de zombaria daquele filho da puta do Davidson. Será que Or e Lepennon não conseguiam ver que tipo de homem ele era e quanto poder possuía ali, enquanto os poderes de Lyubov, chamados de "consultivos", eram nada mais que irrisórios? Se os colonos fossem deixados ali para prosseguir, sem controle além de um super-rádio, era quase certo que a Base de Smith se tornaria uma desculpa para a agressão sistemática contra os nativos. Muito provavelmente, para extermínio bacteriológico. A *Shackleton* voltaria em 3,5 ou 4 anos para Novo Taiti e encontraria uma próspera colônia terrana sem nenhum Problema Creechie. Absolutamente nenhum. A praga foi uma lástima, tomamos todas as precauções exigidas pelo Código, mas aquilo deve ter sido algum tipo de mutação, eles não tinham resistência; conseguimos salvar um grupo deles transportando-os para as Novas Ilhas Falkland no hemisfério sul e estão indo bem lá, todos os sessenta e dois…

A conferência não durou muito mais tempo. Quando terminou, Lyubov se levantou e se inclinou sobre a mesa, na direção de Lepennon.

— Você precisa dizer à Liga para fazer algo para salvar as florestas, o povo da floresta — disse ele em tom quase inaudível, com a garganta apertada. — Você precisa, por favor, precisa.

O hainiano o encarou, seu olhar era reservado, gentil e profundo como um poço. Ele não falou nada.

Era inacreditável. Todos estavam malucos. Aquele maldito mundo alienígena tinha feito todos eles perderem o juízo, delirarem, junto com os creechies. Ele ainda não conseguia acreditar no que tinha visto naquela "conferência" e na reunião de orientação logo depois, não acreditaria nem se visse tudo de novo em vídeo. O comandante de uma nave da Frota Estelar bajulando dois humanoides. Engenheiros e técnicos arrulhando e papagaiando sobre um rádio chique que um cetiano cabeludo lhes apresentara com muita zombaria e ostentação, como se os DCIs não tivessem sido antecipados pela ciência terrana anos antes! Os humanoides haviam roubado a ideia, a implementado e chamado de "ansível" para que ninguém percebesse que era apenas um DCI. Mas a pior parte fora a conferência: aquele psicopata do Lyubov delirou e chorou, e o coronel Dongh deixou que ele fizesse isso, deixou que ele insultasse Davidson, a equipe do QG e toda a colônia; e os dois alienígenas sentados e rindo o tempo todo, o macaquinho cinza e a bichona branca, zombando dos humanos.

Fora péssimo. E não tinha melhorado grande coisa desde que a *Shackleton* partiu. Ele não se importava de ser rebaixado para a Base de Nova Java, sob o comando do major Muhamed. O coronel precisava discipliná-lo; talvez o velho Ding Dong estivesse, na verdade, muito feliz com aquele ataque incendiário de retaliação que Davidson realizara na Ilha de Smith, mas a investida tinha sido uma infração disciplinar e ele precisava repreender Davidson. Tudo bem, regras do jogo. Mas o que fugia às regras era a chegada daquele aparelho de TV enorme que eles chamavam de ansível, o novo minideus de lata do QG.

Ordens do Departamento de Administração Colonial em Karachi: *Restringir o contato entre terranos e athsheanos a ocasiões promovidas pelos athsheanos.* Em outras palavras, não se podia mais entrar em uma gruta de creechies e arrebanhar mais força de trabalho. *O emprego de trabalho voluntário não é recomendado; o emprego de trabalho forçado é proibido.* Mais do mesmo. Como diabos eles deveriam garantir que o trabalho fosse feito? A Terra queria aquela madeira ou não? Eles ainda estavam enviando naves robotizadas de carga para Novo Taiti, não estavam? Quatro por ano, carregando cerca de 30 milhões de dólares novos em madeira nobre na volta à Mãe Terra. Claro que o pessoal do Desenvolvimento queria aqueles milhões. Eles eram homens de negócios. Aquelas mensagens não vinham deles, qualquer idiota poderia ver isso.

A situação colonial do Mundo 41 (por que eles não o chamavam mais de Novo Taiti?) *está em análise. Até que a decisão seja tomada, os colonos devem observar extrema cautela em todas as interações com habitantes nativos... O uso de armas de qualquer tipo, exceto armas pequenas carregadas na cintura em legítima defesa, está terminantemente proibido* (assim como na Terra, mas lá um homem não podia mais sequer carregar armas na cintura). Mas de que diabos adiantava ter vindo de 27 anos-luz para um mundo remoto e, em seguida, ouvir que não se podiam usar revólveres, nem gel incendiário, nem bombas de gás, não, não, apenas fiquem sentados como bons meninos e deixem os creechies cuspirem em seus rostos, cantarem para vocês e depois enfiarem uma faca em suas entranhas e queimarem sua base, mas não machuquem os coleguinhas verdes, não, senhores!

Uma política de evitação é fortemente recomendada; uma política de agressão ou retaliação é estritamente proibida.

Na verdade, essa era a essência de todas as mensagens, e qualquer idiota poderia perceber que aquilo não era a Administração Colonial falando. Eles não poderiam ter mudado tanto assim em trinta anos. Eram homens práticos e realistas que sabiam como era a vida nos planetas remotos. Ficava claro para qualquer pessoa que não tivesse ficado doida com o geochoque que as mensagens do "ansível" eram falsas. Elas podiam ser plantadas diretamente na máquina, um conjunto de respostas para perguntas altamente prováveis, gerenciadas pelo computador. Os engenheiros disseram que poderiam ter percebido isso, talvez sim. Nesse caso, de fato a coisa tinha comunicação instantânea com outro mundo. Mas esse mundo não era a Terra. Nem de longe. Não havia nenhum homem digitando as respostas do outro lado daquele pequeno artifício – eram alienígenas, humanoides. Deviam ser cetianos, pois a máquina era de fabricação cetiana e eles eram um bando de demônios inteligentes. Eram do tipo que poderia representar uma concorrência real pela supremacia interestelar. Os hainianos estariam na conspiração com eles, é claro; toda aquela coisa de compaixão nas chamadas diretrizes tinha um toque hainiano. Qualquer que fosse o objetivo dos alienígenas no longo prazo, era difícil de adivinhar dali; era provável que envolvesse enfraquecer o Governo Terrano, restringindo-o a essa coisa de "liga dos mundos" até que os alienígenas estivessem fortes o bastante para realizar um golpe armado. Mas era fácil enxergar o plano deles para Novo Taiti. Eles deixariam os creechies acabarem com os humanos em seu lugar. Bastava atar as mãos dos humanos com muitas diretrizes falsas recebidas por meio do "ansível" e deixar o massacre começar. Humanoides ajudam humanoides: ratos ajudam ratos.

E o coronel Dongh engolira aquilo. Ele pretendia obedecer às ordens. Na realidade, tinha dito isso a Davidson.

— Pretendo obedecer às ordens que eu receber do QG na Terra e, por Deus, Don, você obedecerá às minhas ordens da mesma maneira e, em Nova Java, vai obedecer às ordens do major Muhamed. — O velho Ding Dong era idiota, mas gostava de Davidson, e Davidson gostava dele. Se isso significasse trair a raça humana em uma conspiração alienígena, então ele não poderia obedecer às ordens, mas ainda assim lamentava pelo velho soldado. Um tolo, mas leal e corajoso. Não nascera traidor, como aquele pedante chorão e tagarela do Lyubov. Se havia um único homem que Davidson esperava que os creechies pegassem era Raj Lyubov, o cabeçudo, amante de alienígenas.

Alguns homens, especialmente de tipo asiatiforme e hindi, de fato nascem traidores. Não todos, mas alguns. Outros homens nascem salvadores. Simplesmente são assim, é como ter descendência euraf ou um bom físico, não era algo que ele reivindicasse como mérito. Se ele pudesse salvar os homens e mulheres de Novo Taiti, o faria; se não pudesse, daria seu melhor tentando; era só isso.

Agora, as mulheres… aquilo dava desgosto. Eles retiraram as dez colonas que estavam em Nova Java e nenhuma das recém-chegadas seria enviada de Centralville. "Ainda não é seguro", reclamou o QG. Isso era muito duro para os três postos avançados. O que eles esperavam que os homens destes postos fizessem se não podiam tocar nas fêmeas creechies e se todas as fêmeas

humanas eram para os filhos da puta sortudos de Central?
Aquilo causaria um ressentimento terrível. Mas não devia durar
muito, toda aquela situação era louca demais para ser estável.
Agora que a *Shackleton* partira, se eles não começassem a aliviar
as regras como antes, o capitão D. Davidson teria trabalho extra
para que as coisas voltassem à normalidade.

Na manhã do dia em que ele deixou Central, toda a mão de
obra creechie foi liberta. Fizeram um discurso honroso em
pidgin, abriram os portões do complexo e soltaram todos os
creechies: carregadores, escavadores, cozinheiros, garis, criados
e criadas, o grupo todo. Não sobrou um. Alguns deles estavam
com seus mestres desde o início da colônia, havia quatro anos-T.
Mas eles não tinham lealdade. Um cachorro, um chimpanzé,
teria ficado por perto. Aquelas criaturas não eram tão altamente
desenvolvidas, eram quase como cobras ou ratos, inteligentes
apenas o suficiente para se virarem e morderem um indivíduo
assim que as deixasse sair da jaula. Ding Dong endoidecera, deixando todos aqueles creechies soltos na vizinhança. Na verdade,
despejá-los na Ilha da Desova e deixá-los morrer de fome teria
sido a solução mais acertada e final. Mas Dongh ainda estava
em pânico com aquela dupla de humanoides e a caixa falante
deles. Portanto, se os creechies selvagens de Central planejavam
imitar a atrocidade da Base de Smith, agora tinham muitos
novos recrutas à mão, que conheciam toda a estrutura da cidade,
a rotina, sabiam onde estava o Arsenal, onde os guardas estavam
posicionados e tudo mais. Se Centralville fosse incendiada, o
QG poderia agradecer a si mesmo. Na verdade, teria o que
merecia. Por permitir que traidores os enganassem, por ouvir

humanoides e ignorar o conselho de homens que realmente conheciam os creechies.

Nenhum daqueles garotos do quartel-general voltou à base e encontrou cinzas, destroços e corpos carbonizados, como ele. E o corpo de Ok no local onde exterminaram a equipe de extração de madeira: uma flecha saindo de cada olho, como se algum tipo de inseto estranho projetasse as antenas para fora, sentindo o ar. Jesus, ele continuava vendo aquilo.

Mas tinha uma coisa: fossem quais fossem as "diretrizes" falsas, os garotos de Central não ficariam limitados a tentar usar "armas pequenas" para defesa pessoal. Possuíam lança-chamas e metralhadoras; os dezesseis gafanhotos menores eram equipados com metralhadoras e úteis para liberar gel incendiário; os cinco gafanhotos grandes tinham armamento completo. Mas eles não precisariam de muito. Bastava sobrevoar uma das áreas desmatadas, vislumbrar uma aglomeração de creechies com seus malditos arcos e flechas, começar a soltar as latas de gel incendiário e observá-los correndo, em chamas. Seria o certo. Imaginar aquilo o fez sentir uma agitação no estômago, exatamente como quando pensava em fazer uma mulher se sentir mulher ou toda vez que se lembrava de quando aquele creechie, Sam, o atacara e ele esmagara seu rosto inteiro com quatro golpes seguidos. Era por causa da memória fotográfica, somada a uma imaginação mais fértil do que a da maioria dos homens, nenhum mérito, apenas seu jeito de ser.

O fato é que o único momento em que um homem é real e inteiramente homem é quando acaba de possuir uma mulher ou de matar outro homem. Essa ideia não era original (ele tinha lido em alguns livros antigos), mas era verdade. Por isso ele gostava de imaginar cenas como aquelas. Mesmo que os creechies não fossem homens de verdade.

Nova Java era o mais meridional dos cinco grandes territórios, bem acima da linha equatorial e, por isso, mais quente que Central ou Smith, praticamente perfeitos no tocante ao clima. Mais quente e muito mais úmida. Em Novo Taiti, nas estações úmidas, chovia o tempo todo, em qualquer ponto, mas nos territórios do Norte era uma espécie de chuva fina e calma que prosseguia indefinidamente: a pessoa nunca se molhava de verdade nem sentia frio. Só que ali em Nova Java, a chuva chegava em baldes e havia um tipo de tempestade de monção sob a qual não se podia sequer caminhar, quanto mais trabalhar. Somente um telhado firme podia proteger da chuva, ou a floresta. A maldita selva era tão densa que impedia a infiltração das tempestades. O gotejamento das folhas ainda molhava, óbvio, mas se a pessoa estivesse bem para dentro da vegetação durante uma daquelas monções, dificilmente perceberia que o vento estava soprando; então, saía ao ar livre e *bam!* era derrubada, salpicada por toda parte com a lama líquida vermelha em que a chuva transformara o terreno desmatado e não conseguia voltar rápido o suficiente para a floresta; e lá dentro era escuro, quente e fácil para alguém se perder.

E depois, o OC, major Muhamed, era um filho da puta complicado. Tudo em NJ era feito seguindo as regras: extração de madeira em quilofaixas, a porcaria das fibras plantadas nas faixas desmatadas, a licença para ir a Central concedida em sistema de rotação estritamente não preferencial, os alucinógenos racionados, a punição se usados em serviço e assim por diante. No entanto, um aspecto bom sobre Muhamed era que ele não ficava se comunicando por rádio com Central o tempo todo. Nova Java era sua base e ele a administrava a seu modo. Não gostava de receber ordens do QG. Obedecia a todas, é verdade, libertara os creechies e apreendera todas as armas, exceto pequenas pistolas a ar comprimido, assim que as ordens chegaram. Mas não saía em busca de ordens ou orientações. Nem de Central nem de ninguém. Ele era do tipo arrogante: sabia que estava certo. Esse era seu grande defeito.

Quando estava no grupo de Dongh, no QG, Davidson tivera, algumas vezes, a oportunidade de ver os registros dos oficiais. Sua memória incomum guardava certas coisas e conseguia se lembrar, por exemplo, de que o QI de Muhamed era 107, enquanto o seu somava 118. Havia uma diferença de 11 pontos; mas era óbvio que ele não podia dizer isso para o velho Moo e Moo não conseguia perceber, então não havia como fazê-lo ouvir. Ele pensava que era mais esperto do que Davidson e fim de papo.

Na verdade, todos eles eram um pouco complicados no começo. Nenhum daqueles homens da NJ sabia qualquer coisa sobre a atrocidade na Base de Smith, exceto que o OC da base tinha ido para Central uma hora antes do que aconteceu e foi o único humano a escapar vivo. Dito dessa maneira, parecia ruim. Podia-se compreender por que eles o enxergavam como uma espécie de Jonas, ou até pior, uma espécie de Judas. Mas quando o conhecessem, entenderiam melhor. Começariam a ver que, longe de ser um desertor ou traidor, ele se dedicava a impedir uma traição contra a colônia de Novo Taiti. E perceberiam que se livrar dos creechies acabaria sendo a única maneira de tornar aquele mundo seguro para o estilo de vida terrano.

Não era muito difícil começar a transmitir essa mensagem entre os lenhadores. Eles nunca tinham gostado daqueles ratinhos verdes, tendo que forçá-los ao trabalho o dia todo e vigiá-los a noite toda; só que agora começariam a entender que os creechies não eram só repulsivos, mas perigosos. Quando Davidson lhes disse o que encontrara em Smith, quando explicou como os dois humanoides da nave tinham feito lavagem cerebral no QG, quando mostrou a eles que acabar com os terranos de Novo Taiti era apenas uma pequena parte de toda a conspiração alienígena contra a Terra, quando os fez se lembrar dos números frios e concretos, 25 *centenas* de humanos para três *milhões* de creechies, logo começaram a apoiá-lo.

Até o Oficial de Controle Ecológico dali estava com ele. Não era como o coitado do Kees, bravo porque os homens matavam veados-vermelhos e depois tomando, ele mesmo, um tiro na barriga daqueles creechies ordinários. Esse sujeito, Atranda, odiava os creechies. Na verdade, ele ficava meio doido com eles, sofrera um geochoque ou algo assim; tinha tanto medo de que os creechies atacassem a base que agia como uma mulher com medo de ser estuprada. Mas, de qualquer forma, era útil para Davidson ter o entendido local ao seu lado.

Não adiantava tentar endireitar o OC. Bom juiz de homens, percebera quase imediatamente que não adiantava. Muhamed era cabeça-dura. Além disso, tinha um preconceito contra Davidson do qual não abriria mão; tinha alguma coisa a ver com o caso da Base de Smith. Até disse a Davison que não o considerava um oficial confiável.

Ele era um filho da puta arrogante, mas sua gestão da base de NJ, dentro de linhas tão rígidas, era uma vantagem. Uma organização firme, acostumada a obedecer às ordens, era mais fácil de assumir do que uma frouxa, cheia de personagens independentes, e mais fácil de manter coesa como unidade de operações militares defensivas e ofensivas, assim que ele estivesse no comando. Davidson teria de assumir a liderança. Moo era um bom chefe para a base de extração de madeira, mas não um soldado.

Davidson se manteve ocupado atraindo alguns dos melhores lenhadores e oficiais juniores para ficar firmemente a seu lado. Não se apressou. Quando juntou um número suficiente deles, em quem podia de fato confiar, um esquadrão de dez retirou alguns itens do depósito trancado e cheio de brinquedos de guerra do velho Moo, no porão da Casa de Recreação, e foi para a floresta, em um domingo, para brincar.

Davidson tinha encontrado a cidade dos creechies algumas semanas antes e reservara aquele prazer para seus homens. Poderia ter feito aquilo sozinho, mas era melhor assim. Dava a sensação de camaradagem, de um vínculo real entre homens. Eles simplesmente entraram no lugar em plena luz do dia, cobriram todos os creechies sobre o solo com gel incendiário e os queimaram; depois, derramaram querosene sobre a cobertura das tocas e assaram os demais. Aqueles que tentavam sair eram cobertos com gel; essa era a parte artística, esperar os ratinhos saírem dos ninhos, deixando-os pensar que conseguiram escapar e, depois, simplesmente fritá-los dos pés à cabeça, de modo que virassem tochas. Aquele pelo verde chamuscava rapidinho.

Isso, na verdade, não era muito mais emocionante do que caçar ratos de verdade, que eram, praticamente, os únicos animais selvagens restantes na Mãe Terra, mas era um pouco melhor; os creechies eram muito maiores do que ratos, e sabia-se que eles poderiam revidar, mas não daquela vez. Alguns deles, aliás, até se deitaram em vez de fugir, deitaram-se de costas com os olhos fechados. Aquilo era doentio. Os outros caras também acharam, um deles até passou mal e vomitou depois de queimar um dos que estavam deitados.

Por mais necessitados que os homens estivessem, não deixaram sequer uma das fêmeas viva para estuprar. Todos tinham concordado com Davidson de antemão que aquilo era próximo demais da perversidade. A homossexualidade se praticava com outros humanos, era normal. Aquelas criaturas podiam ter uma constituição parecida com a das mulheres humanas, mas não eram humanas, e era melhor ter a satisfação de matá-las e permanecer *limpos*. Essa ideia fez sentido para todos eles, que se apegaram a ela.

Todos mantiveram a matraca fechada quando voltaram para a base, sem se gabar sequer para os amigos. Eram homens de bem. Nenhuma palavra sobre a expedição chegou aos ouvidos de Muhamed. Até onde o velho Moo sabia, todos os seus homens eram bons garotos que serravam a lenha e se mantinham longe dos creechies, sim, senhor; e ele poderia continuar acreditando naquilo até que o dia D chegasse.

Porque os creechies iriam atacar. Em algum lugar. Ali ou em uma das bases da Ilha de King ou de Central. Davidson sabia disso. Era o único oficial em toda a colônia que sabia disso. Sem mérito algum, ele simplesmente sabia que estava certo. Ninguém mais precisava acreditar nele além daqueles homens ali, que tivera tempo de convencer. Mas todos os outros veriam, mais cedo ou mais tarde, que ele estava certo.

E ele de fato estava.

Foi um choque ficar cara a cara com Selver. Quando voou de volta para Central, saindo da aldeia no pé das colinas, Lyubov tentou definir por que isso tinha sido um choque e investigar o ponto sensível que fora exposto. Afinal de contas, em geral, ninguém fica aterrorizado ao se encontrar casualmente com um bom amigo.

Não fora fácil convencer a chefe a convidá-lo. Tuntar fora a principal localidade de seus estudos durante todo o verão; havia vários informantes excelentes ali e ele mantinha boas relações com a Casa e com a chefe, que lhe permitiu observar e participar livremente da comunidade. Conseguir um convite real da parte dela, por meio da influência de alguns dos antigos servos que ainda estavam na região, tomara tempo, mas ao menos ela cedera, oferecendo a ele, de acordo com as novas diretrizes, uma autêntica "motivação proporcionada pelos athsheanos". Sua própria consciência insistia naquilo, não o coronel. Dongh queria que ele fosse. Estava preocupado com a Ameaça Creechie. Disse a Lyubov para avaliar os athsheanos, para "ver como estavam reagindo agora que, a rigor, os estamos deixando em paz". Ele ansiava por garantias. E Lyubov não conseguia decidir se o seu relatório estava ou não prestes a oferecer essas garantias ao coronel Dongh.

Por dezesseis quilômetros, partindo de Central, a planície fora desmatada e todos os tocos tinham se decomposto; agora havia ali uma grande superfície uniforme e monótona de cânhamo, espesso e cinzento sob a chuva. Embaixo daquelas folhas eriçadas, mudas de arbustos iniciavam seu crescimento: sumagres, álamos anões e salviformes que, por sua vez, depois de crescidos, protegeriam as mudas de árvores. Intocada, naquele clima constante e chuvoso, a área poderia se reflorestar sozinha em trinta anos e recuperar o pleno auge de floresta em cem. Intocada.

De repente, a floresta ressurgiu: no espaço, não no tempo. Sob o gafanhoto, uma variedade infinita de folhas verdes cobria as suaves ondulações e dobras das colinas de Sornol do Norte.

Como a maioria dos terranos, Lyubov nunca tinha caminhado entre árvores selvagens em Terran, nunca vira uma mata maior do que o quarteirão de uma cidade. No começo, se sentira oprimido e inquieto na floresta de Athshe, sufocado pelo aglomerado infinito e pela incoerência de troncos, galhos e folhas no perpétuo crepúsculo esverdeado ou acastanhado. A aglomeração de vidas se emaranhando em competição, se expandindo e inchando para fora e para o alto, em direção à luz; o silêncio composto por muitos barulhinhos sem sentido; a total indiferença vegetal à presença de espírito: tudo isso o incomodava e, como os outros, Lyubov se limitara às clareiras e à praia. Mas pouco a pouco começara a gostar da floresta. E Gosse o provocara, chamando-o de sr. Gibão. Na verdade, Lyubov parecia um gibão, de rosto redondo e escuro, braços longos e cabelos que estavam ficando grisalhos antes do tempo. Mas os gibões estavam extintos. Querendo ou não, como especialista, tivera que entrar nas florestas para encontrar FOVIALI e agora, quatro anos depois, sentia-se completamente em casa sob as árvores, talvez mais do que em qualquer outro lugar.

Ele também passou a gostar dos nomes que os athsheanos davam a seus territórios e locais, palavras sonoras de duas sílabas: Sornol, Tuntar, Eshreth, Eshsen (que agora era Centralville), Endtor, Abtan e, acima de tudo, Athshe, que significava Floresta e Mundo. Assim como Terra, ou Terran, significava tanto solo como planeta, dois significados em um. Mas, para os athsheanos, o solo, o chão, a terra, não era o lugar ao qual os mortos retornavam e pelo qual os vivos viviam; a substância de seu mundo não era a terra, mas a floresta. O homem terrano era barro, pó vermelho. O homem athsheano era ramo e raiz. Eles não entalhavam imagens de si mesmos em pedra, apenas em madeira.

Lyubov pousou o gafanhoto em uma pequena clareira ao norte da cidade e caminhou, passando pela Casa das Mulheres. O cheiro de assentamento athsheano pairava, pungente, no ar: fumaça de lenha, peixe morto, ervas aromáticas, suor alienígena. A atmosfera de uma casa subterrânea, se, por acaso, um terrano conseguisse se encaixar ali, era um composto raro de CO^2 e fedor. Lyubov passara muitas horas intelectualmente estimulantes contorcido e sufocado na obscuridade fétida da Casa dos Homens em Tuntar. Mas, desta vez, não parecia que seria convidado a entrar.

Os habitantes da cidade obviamente sabiam do massacre na Base de Smith, que agora completava seis semanas. Ficaram sabendo depressa, porque a notícia logo se espalhara entre as ilhas, embora não tão rápido a ponto de demonstrar o "misterioso poder da telepatia", no qual os lenhadores gostavam de acreditar. A população local também sabia que as 1.200 pessoas escravizadas em Centralville tinham sido libertadas logo depois do massacre na Base de Smith, e Lyubov concordou com o coronel que os nativos poderiam interpretar o segundo acontecimento como resultado do primeiro. Aquilo transmitia o que o coronel Dongh chamava de "uma impressão equivocada", mas isso provavelmente não era importante. O importante era que pessoas escravizadas tinham sido libertadas. Os erros cometidos não podiam ser corrigidos, mas ao menos não continuavam sendo cometidos. Todos poderiam recomeçar do zero: a população nativa, livre daquele doloroso e incontestável enigma sobre por que os "yumanos" tratavam os homens como animais; ele, sem o ônus da explicação e da ruminação de uma culpa irremediável.

Sabendo que valorizavam a sinceridade e a conversa direta no lugar do medo ou de questões perturbadoras, ele esperava que as pessoas de Tuntar falassem sobre aqueles assuntos em tom de triunfo, desculpa, regozijo ou perplexidade. Ninguém fez isso. Ninguém falou grande coisa a respeito de nada.

Ele chegara no final da tarde, que era o mesmo que chegar a uma cidade terrana logo após o amanhecer. Os athsheanos dormiam, sim: a opinião dos colonos, como sempre, ignorava fatos observáveis. Mas a baixa fisiológica deles acontecia entre o meio-dia e as quatro da tarde, enquanto, para os terranos, ela ocorre entre duas e cinco da manhã; e os nativos tinham um ciclo de dupla elevação, da temperatura e da atividade, que vinha nos dois momentos de penumbra do dia: o amanhecer e o fim da tarde. A maioria dos adultos dormia cinco ou seis horas por dia, em várias sonecas, enquanto os homens peritos dormiam menos de duas; então, se alguém reduzisse os dois cochilos e os estados de sonho a "preguiça", poderia concluir que eles nunca dormiam. Era muito mais fácil dizer isso do que entender o que eles faziam de fato. Àquela altura, as coisas em Tuntar estavam apenas começando a se agitar outra vez, depois da baixa vespertina.

Lyubov reparou em vários desconhecidos. Eles o observaram, mas nenhum se aproximou; eram meras presenças ao anoitecer, percorrendo outras trilhas sob os grandes carvalhos. Por fim, alguém que ele conhecia apareceu em sua trilha, a prima da chefe, Sherrar, uma mulher idosa de pouca importância e pouco discernimento. Ela o cumprimentou educadamente, mas não respondeu ou não quis responder às suas perguntas sobre a chefe e seus dois melhores informantes, Egath, o Guardião do Pomar, e Tubab, o Sonhador. Ah, a chefe estava muito ocupada. E quem era Egath, ele queria dizer Geban? E Tubab podia estar aqui, ou talvez estivesse ali, ou não. Ela grudou em Lyubov e ninguém mais falou com ele. Atravessando os bosques e as clareiras de Tuntar, ele seguiu seu caminho até a Casa dos Homens, acompanhado pela anciã manca, resmungona, minúscula e verde.

— Eles estão ocupados lá — disse Sherrar.

— Sonhando?

— Como é que vou saber? Agora, venha comigo, venha ver... — Ela sabia que ele sempre queria ver coisas, mas não conseguia pensar no que mostrar para levá-lo para longe. — Venha ver as redes de pesca — disse ela, sem muita convicção.

Uma garota que passava, uma das Jovens Caçadoras, olhou para ele – um olhar sombrio, um olhar de animosidade como nunca tinha recebido de nenhum athsheano, exceto, talvez, de uma criança pequena tão assustada com sua altura e com seu rosto sem pelos a ponto de fazer cara feia. Mas aquela garota não estava assustada.

— Tudo bem — ele disse a Sherrar, sentindo que sua única alternativa era a docilidade. E se os athsheanos tivessem mesmo, enfim, de uma hora para outra, desenvolvido um senso de hostilidade de grupo? Ele deveria aceitar isso e simplesmente tentar lhes mostrar que continuava sendo um amigo confiável e constante.

Mas como a maneira deles de sentir e pensar poderia ter mudado tão depressa, depois de tanto tempo? E por quê? Na Base de Smith, a provocação fora imediata e intolerável:

a crueldade de Davidson levaria até os athsheanos à violência. Mas aquela cidade, Tuntar, nunca fora invadida pelos terranos, não sofrera ataques para captura de escravos, não tinha visto a floresta local ser desmatada ou queimada. Ele, Lyubov, estivera lá (nem sempre o antropólogo pode deixar a própria sombra fora do retrato que desenha), mas já fazia mais de dois meses. Eles tinham recebido informações sobre Smith e, agora, havia refugiados ali, antigos escravos que sofreram nas mãos de terranos e que poderiam falar sobre isso. Mas será que notícias e boatos poderiam mudar os ouvintes, mudá-los de forma tão radical? Mesmo quando a falta de agressividade se entranhava tão profundamente neles, por meio da cultura e da sociedade, e se infiltrava em seu subconsciente, em seu "tempo de sonho", e talvez em sua própria fisiologia? Ele sabia que um athsheano podia ser provocado, por meio de uma crueldade atroz, a tentar matar: tinha visto aquilo acontecer… uma vez. Então, precisava acreditar que uma comunidade desestabilizada podia ser provocada, de forma semelhante, por ofensas igualmente intoleráveis: o que tinha acontecido na Base de Smith. Mas o que Lyubov não conseguia acreditar era que fofocas e boatos, por mais assustadores e ultrajantes que fossem, pudessem enfurecer uma comunidade estável de pessoas como aquelas a ponto de elas agirem contra seus costumes e seu bom senso e romperem por completo com todo seu estilo de vida. Era psicologicamente improvável. Havia algum elemento faltando.

 O velho Tubab saiu da Casa no instante em que Lyubov passava em frente a ela. Selver veio atrás do velho.

 Selver engatinhou para fora pela porta do túnel, ficou de pé e piscou por causa da luz do dia, nublado pela chuva e escurecido pela folhagem. Quando olhou para cima, seus olhos escuros encontraram os de Lyubov. Nenhum dos dois falou. Lyubov estava muito assustado.

Ao voar para casa no gafanhoto, investigando o ponto sensível, ele pensou: medo por quê? Por que fiquei com medo de Selver? Intuição impossível de ser comprovada ou pura falsa analogia? De qualquer forma, era um sentimento irracional.

Nada entre Selver e Lyubov tinha se alterado. O que Selver fizera na Base de Smith podia ser justificado e, mesmo se não pudesse, não fazia diferença. A amizade entre eles era profunda demais para ser tocada pela dúvida moral. Eles tinham trabalhado juntos com muito afinco, ensinado seus idiomas um ao outro, muito além do sentido literal. Conversavam sem reservas. E a afeição de Lyubov por seu amigo se intensificara com a gratidão que o salvador sente em relação àquele cuja vida teve o privilégio de salvar.

Aliás, até aquele instante, mal tinha percebido como sua simpatia e lealdade a Selver eram profundas. Será que seu medo fora, na verdade, o medo íntimo de que Selver, tendo conhecido o ódio racial, pudesse rejeitá-lo, desprezar sua lealdade e tratá-lo não como "você", mas como "um deles"?

Depois daquele primeiro e demorado olhar, Selver avançou lentamente e cumprimentou Lyubov, estendendo as mãos.

O toque era o principal canal de comunicação entre o povo da floresta. Entre os terranos, o toque tem sempre a chance de indicar ameaça, agressão e, por isso, em geral, não há nada entre o aperto de mão formal e a carícia sexual. Os athsheanos preenchiam todo esse espaço vazio com variações de toque. Para eles, o carinho era tão essencial, como gesto e demonstração de confiança, quanto para a mãe e sua criança ou para dois amantes; mas seu significado era social, não apenas maternal e sexual. Fazia parte da linguagem deles, portanto, era padronizado e codificado, ainda que infinitamente modificável.

— Eles estão sempre tocando uns ao outros — zombavam alguns dos colonos, incapazes de enxergar qualquer coisa naquelas retribuições de toques além do próprio erotismo, que era forçado a se concentrar exclusivamente no sexo e, depois, reprimido e frustrado, o que fazia com que invadisse e envenenasse todos os prazeres sensoriais, todas as reações humanas: a vitória de um Cupido cego e furtivo sobre a grande mãe, zelosa de todos os mares e estrelas, de todas as folhas de árvores, de todos os gestos dos homens, Vênus Genetrix...

Por isso Selver avançou com as mãos estendidas, apertou a mão de Lyubov à moda terrana e depois segurou os braços dele em um movimento de afago logo acima do cotovelo. Não tinha muito mais do que a metade da altura de Lyubov, o que tornava todos os gestos difíceis e desajeitados para os dois, mas não havia nada de duvidoso ou infantil no toque de sua mão pequena, de ossos finos e pele verde, nos seus braços. Era uma demonstração de confiança. Lyubov ficou muito feliz em recebê-la.

— Selver, que sorte encontrá-lo aqui. Quero muito falar com você...

— Agora não posso, Lyubov.

Ele falou de maneira gentil, mas ao fazê-lo, Lyubov perdeu a esperança de que a amizade deles permanecesse inalterada. Selver tinha mudado. Mudado radicalmente: desde a raiz.

— Posso voltar outro dia — disse Lyubov, em tom de urgência — e conversar com você, Selver? É importante para mim...

— Saio daqui hoje — falou Selver, com mais gentileza ainda, mas soltando os braços de Lyubov e também desviando o olhar. Assim, ele se colocava, literalmente, fora de alcance. A boa educação exigia que Lyubov fizesse o mesmo e deixasse a conversa terminar. Mas, nesse caso, não haveria ninguém com quem conversar. O velho Tubab sequer olhara para ele; a cidade lhe dera as costas. E aquele era Selver, que tinha sido seu amigo.

— Selver, esse massacre em Kelme Deva, talvez você pense que isso está entre você e eu. Mas não está. Talvez ele nos aproxime. E seu povo nos currais, todos eles foram libertados, para que o erro não fique mais entre nossos povos. E mesmo que isso aconteça, como sempre aconteceu, ainda assim eu... eu sou o mesmo homem de antes, Selver.

A princípio, o athsheano não respondeu. Seu rosto estranho, os olhos grandes e profundos, os traços fortes deformados por cicatrizes e indistintos sob o pelo curto e sedoso que acompanhava e, ao mesmo tempo, obscurecia todos os contornos, aquele rosto desviou-se de Lyubov, calado, obstinado. Então, de repente, ele olhou ao redor, como se estivesse contrariado.

— Lyubov, você não deveria ter vindo até aqui. Você deve deixar Central, daqui a duas noites. Não sei o que você é. Melhor seria nunca ter conhecido você.

Então ele partiu, com um caminhar leve como o de um gato de pernas compridas; uma centelha verde entre os escuros carvalhos de Tuntar, desapareceu. Tubab o seguiu lentamente, ainda sem olhar para Lyubov. Uma chuva fina caía sem fazer ruído nas folhas de carvalho e nos caminhos estreitos rumo à Casa e ao rio. Apenas escutando com muita atenção era possível ouvir a chuva, uma música profusa demais para uma mente captar, um acorde único, infinito, tocado em toda a floresta.

— Selver é um deus — disse a velha Sherrar. — Agora, venha ver as redes de pesca.

Lyubov recusou. Seria indelicado e imprudente permanecer ali e, de qualquer forma, ele não tinha coragem de ficar.

Tentou dizer a si mesmo que a rejeição de Selver não era a ele, Lyubov, mas a ele como terrano. Isso não fez nenhuma diferença. Nunca faz.

Sempre sentia uma surpresa desagradável ao perceber como seus sentimentos eram vulneráveis e como doía ser magoado. Esse tipo de sensibilidade adolescente era vergonhoso e agora ele precisava de um esconderijo mais resistente.

A velhinha de pelo verde todo empoeirado e prateado pelas gotas de chuva suspirou aliviada quando ele disse adeus. Enquanto ligava o gafanhoto, teve que sorrir ao avistá-la coxeando em direção às árvores o mais rápido que podia, como um sapinho que escapou de uma cobra.

A qualidade é uma questão importante, mas a quantidade também é: tamanho relativo. A reação normal de um adulto a uma pessoa muito menor pode ser arrogante, protetora, condescendente, afetuosa ou intimidadora, mas seja qual for, provavelmente condiz mais com o comportamento de uma criança do que de um adulto. Por isso, se a pessoa do tamanho de uma criança fosse peluda, uma reação adicional era evocada, à qual Lyubov havia rotulado de Reação Ursinho. Já que os athsheanos usavam tanto o afago, manifestá-lo não era inapropriado, mas a motivação para fazê-lo continuava suspeita. E, por fim, havia a inevitável Reação Monstrinho, o afastamento do que é humano, mas não parece muito humano.

Porém, totalmente extrínseco a tudo isso era o fato de que às vezes os athsheanos, assim como os terranos, simplesmente tinham uma aparência estranha. Alguns deles pareciam mesmo sapinhos, corujas, lagartas. Sherrar não foi a primeira velhinha que impressionou Lyubov por parecer estranha vista de costas…

E essa é uma das complicações da colônia, ele pensou enquanto erguia o gafanhoto e Tuntar desaparecia sob os carvalhos e os arvoredos sem folhas. Nós não temos mulheres idosas. Nem homens idosos, exceto Dongh, e ele só tem uns sessenta anos. Mas as mulheres idosas são diferentes de todo mundo, elas dizem o que pensam. Os athsheanos são governados, até onde há um governo, por mulheres idosas. O intelecto para os homens, a política para as mulheres e a ética na interação entre ambos: esse é o arranjo. Tem encanto e funciona, para eles. Eu gostaria que a administração tivesse enviado algumas vovós junto com todas aquelas moças casadouras e férteis de seios empinados. Agora, aquela garota com quem fiquei na outra noite, ela é realmente muito bonita e boa de cama, tem um bom coração, mas, meu Deus, vai demorar quarenta anos para ela dizer alguma coisa para um homem...

Mas o tempo todo, por trás de seus pensamentos a respeito de mulheres idosas e jovens, persistia o choque, a intuição ou o reconhecimento que não queria se deixar reconhecer.

Ele precisava analisar aquilo antes de se reportar ao QG.

Selver: E o que dizer sobre Selver, então?

Selver era, decerto, uma figura-chave para Lyubov. Por quê? Porque ele o conhecia bem ou por algum poder real em sua personalidade, que Lyubov nunca compreendera conscientemente?

Mas ele compreendera sim: logo no início reconhecera Selver como uma pessoa extraordinária. Na época, ele era "Sam", criado pessoal de três oficiais que compartilhavam uma casa pré-fabricada. Lyubov se lembrou de Benson vangloriando-se de como possuíam um bom creechie, como o tinham domado direitinho.

Muitos athsheanos, especialmente os Sonhadores das Casas, não conseguiam alterar seu padrão policíclico de sono para corresponder ao padrão terrano. Se eles alcançassem seu estado normal de sono à noite, isso impediria que alcançassem o sono REM ou paradoxal, cujo ciclo de 120 minutos regia a vida deles, tanto durante o dia como à noite, e não podia ser adaptado à jornada terrana de trabalho. Uma vez que um indivíduo tivesse aprendido a sonhar totalmente desperto, a equilibrar sua sanidade não no fio da navalha da razão, mas em um apoio duplo (o tênue equilíbrio entre razão e sonho), uma vez que tivesse aprendido isso, não poderia desaprender, assim como não se pode desaprender a pensar. Muitos dos homens ficavam tontos, confusos, ensimesmados e até catatônicos... As mulheres, perplexas e humilhadas, comportavam-se com a desolada apatia das pessoas recém-escravizadas. Os homens não peritos e alguns dos Sonhadores mais jovens fizeram melhor: eles se adaptaram, trabalhando duro nos campos de corte de árvores ou tornando-se criados hábeis. Sam tinha sido um desses, um criado eficiente, sem personalidade, cozinheiro, lavador de roupas, mordomo, ensaboador de costas e bode expiatório de seus três patrões. Aprendera a ser invisível. Lyubov o tomara emprestado como informante etnológico e, por alguma afinidade de mente e natureza, imediatamente conquistara a confiança de Sam. Ele considerava Sam o informante ideal, treinado nos costumes de seu povo, sagaz quanto a seus significados e rápido em traduzi-los, em torná-los inteligíveis para Lyubov, fazendo a ponte entre duas línguas, duas culturas, duas espécies do gênero *Homo*.

Por dois anos, Lyubov estivera viajando, estudando, entrevistando, observando, e não conseguira obter a chave que lhe permitiria entrar na mente athsheana. Sequer sabia onde estava a fechadura. Estudara os hábitos de sono dos nativos e descobrira que eles, ao que tudo indica, não possuíam hábitos de sono. Tinha conectado incontáveis eletrodos em incontáveis crânios peludos e verdes e não conseguira decifrar os padrões familiares de picos e depressões, alfas, deltas e tetas que apareciam no gráfico. Foi Selver quem finalmente o fizera compreender o significado da palavra "sonho", que era também a palavra para "raiz" e, dessa forma, dera a ele a chave do reino do povo da floresta. Fora com Selver como sujeito da pesquisa com EEG que Lyubov vira, compreendendo pela primeira vez, os extraordinários impulsos-
-padrões de um cérebro entrando em estado de sonho, sem estar nem em sono nem em vigília, uma condição que estava para o sonho durante o sono dos terranos como o Partenon estava para uma choupana de barro: era basicamente a mesma coisa, mas com a adição de complexidade, qualidade e controle.

E daí, o que mais?

Selver poderia ter fugido. Ele ficara. Primeiro como criado, depois (graças a uma das poucas regalias de Lyubov como entendido) como assessor científico; ainda assim, era trancado todas as noites no curral (o Alojamento dos Funcionários Autóctones Voluntários).

— Vou voar com você até Tuntar para trabalharmos lá — Lyubov havia dito na terceira vez que falara com Selver. — Por Deus, para que ficar aqui?

— Minha esposa, Thele, está no curral — Selver dissera. Lyubov tentou fazer com que ela fosse libertada, mas ela estava na cozinha do QG e os sargentos que comandavam a turma da cozinha se ressentiam de qualquer interferência das "altas patentes" e dos "entendidos". Lyubov precisava ter muito cuidado para que não descontassem esse ressentimento na mulher. Ela e Selver pareciam dispostos e pacientes para esperar até que ambos pudessem fugir ou ser libertados. Creechies dos sexos masculino e feminino eram rigorosamente segregados nos currais (ninguém parecia saber o motivo), e marido e esposa quase nunca se viam. Lyubov conseguia marcar encontros para eles em sua cabana pessoal no extremo norte da cidade. Foi quando Thele estava retornando ao QG após um desses encontros que Davidson a viu e, ao que tudo indica, se impressionou com o charme delicado e amedrontado dela. Naquela noite, ele fez com que ela fosse levada ao seu alojamento e a estuprou.

Talvez ele a tivesse matado durante o ato, aquilo já tinha acontecido como resultado da disparidade física; ou então ela parou de viver. Como alguns terranos, os athsheanos possuíam o dom do desejo autêntico de morte e conseguiam deixar de viver. Em qualquer um dos casos, fora Davidson quem a matara. Assassinatos assim já tinham ocorrido antes. O que não ocorrera antes era o que Selver fez dois dias depois da morte dela.

Lyubov só chegara lá no fim. Conseguia se lembrar dos sons, de si mesmo correndo pela Rua Principal sob a luz do sol, do pó, da aglomeração de homens. A coisa toda só tinha durado cinco minutos, tempo demais para uma luta homicida. Quando Lyubov chegou, Selver estava cego por causa do sangue, se tornara uma espécie de brinquedo para Davidson, e mesmo assim ele tinha se levantado e retornado, não louco de raiva, mas com um desespero inteligente. Ele continuava retornando. Era Davidson quem estava assustado a ponto de ter raiva daquela terrível persistência; tendo derrubado Selver com um golpe lateral, ele avançou, erguendo o pé protegido pela botina para pisotear o crânio. Quando se movia para fazê-lo, Lyubov invadira o círculo. E parara a luta (já que, qualquer que fosse a sede de sangue dos dez ou doze homens que a assistiam, já tinha sido mais do que saciada, e eles apoiaram Lyubov quando ele disse a Davidson para se afastar); desde então, ele odiava Davidson, e era odiado por ele, por ter se colocado entre o assassino e sua morte.

Pois se é ao resto de nós que o suicídio mata, é a si mesmo que o assassino mata; só que ele precisa fazer isso de novo, e de novo, e mais uma vez.

Lyubov carregara Selver, um peso leve em seus braços. O rosto mutilado ficara pressionado contra sua camisa, de modo que o sangue a atravessava e encharcava a pele. Levara Selver para seu bangalô, colocara uma tala no pulso quebrado, fizera o que podia pelo rosto dele, mantivera-o em sua própria cama, tentara, noite após noite, conversar com ele, ampará-lo na desolação de sua dor e vergonha. Aquilo, claro, era contra as regras.

Ninguém mencionou as regras para ele. Não foi preciso. Sabia que estava perdendo grande parte de qualquer favoritismo que já tivera com os oficiais da colônia.

Tinha tomado o cuidado de ficar sempre do lado do QG, objetando apenas nos casos de extrema brutalidade contra os nativos, usando de persuasão e não de rebeldia, e conservando qualquer fragmento de poder e influência que possuía. Não podia impedir a exploração dos athsheanos. Aquilo era muito pior do que seu treinamento o levara a esperar, mas, naquele contexto, ele pouco poderia fazer a respeito. Depois de 54 anos da viagem de ida e volta, seus relatórios à Administração e ao Comitê de Direitos talvez produzissem algum efeito; Terran poderia até decidir que a política de Colônia Aberta para Athshe era um erro grave. Antes 54 anos de atraso do que nunca. Se ele perdesse a tolerância de seus superiores, eles censurariam ou invalidariam seus relatórios, e não haveria esperança alguma.

Mas naquele momento ele estava com raiva demais para manter sua estratégia. Os outros que fossem para o inferno se insistissem em enxergar seus cuidados com um amigo como um insulto à Mãe Terra e uma traição à colônia. Se eles o rotulassem como "amante de creechies", sua utilidade para os athsheanos seria prejudicada, mas ele não podia colocar um possível bem geral acima da necessidade imperativa de Selver. Não se pode salvar um povo vendendo o próprio amigo. Curiosamente, Davidson, furioso por causa dos ferimentos leves que Selver lhe causara e pela interferência de Lyubov, andou dizendo que pretendia acabar com aquele creechie rebelde, e com certeza faria isso se tivesse oportunidade. Lyubov ficou com Selver noite e dia por duas semanas, depois voou com ele para longe de Central e o colocou em uma cidade da costa oeste, Broter, onde ele tinha parentes.

Não havia punição por ajudar os escravos a escapar, uma vez que os athsheanos não eram, de forma alguma, escravos, a não ser na prática: eles eram a Equipe de Trabalho Autóctone Voluntário. Lyubov sequer foi repreendido. Mas, desde então, os oficiais regulares suspeitavam dele por completo, e não parcialmente; e até seus colegas dos Serviços Especiais, o exobiólogo, os coordenadores de agro e silvicultura e os ecologistas lhe disseram, de diferentes maneiras, que ele tinha sido irracional, quixotesco ou idiota.

— Você achou que estava vindo para um piquenique? — Gosse quis saber.

— Não. Não achei que seria nenhum maldito piquenique — Lyubov respondeu, irritado.

— Não consigo entender por que qualquer especialista em FOVIALI se liga voluntariamente a uma Colônia Aberta. Já se sabe que as pessoas sendo estudadas serão esmagadas e provavelmente exterminadas. É como as coisas são. É da natureza humana, e você deve saber que não pode mudar isso. Então, por que vir e assistir ao processo? Masoquismo?

— Não sei o que é "natureza humana". Talvez deixar descrições daquilo que exterminamos faça parte da natureza humana... É mesmo mais gratificante para um ecologista?

Gosse ignorou aquilo.

— Tudo bem, então anote suas descrições. Mas se mantenha longe da carnificina. Um biólogo que estuda uma colônia de ratos não começa a apanhar e resgatar seus ratos de estimação que foram atacados, sabe.

Com isso, Lyubov explodiu. Já tinha aguentado demais.

— Não, óbvio que não — disse ele. — Um rato pode ser um animal de estimação, mas não um amigo. Selver é meu amigo. Na verdade, é o único homem neste mundo que considero amigo. — Aquilo magoou o coitado do Gosse, que queria ser uma figura paterna para Lyubov, e não foi benéfico para ninguém. No entanto, era verdade. E a verdade vos libertará...

— Gosto de Selver, o respeito, o salvei, sofri com ele e o temo. Selver é meu amigo.

Selver é um deus.

Foi o que a velhinha verde falou, como se todo mundo soubesse, de forma tão categórica quanto se dissesse que fulano é um caçador. "Selver sha'ab." O que *sha'ab* queria dizer? Muitas palavras da Língua das Mulheres, o dialeto cotidiano dos athsheanos, vinham da Língua dos Homens, que era a mesma em todas as comunidades, e essas palavras, em geral, não apenas tinham duas sílabas, mas também duas faces. Eram moedas, cara e coroa. *Sha'ab* significava deus, ou entidade espiritual, ou ser poderoso; também significava algo bem diferente, mas Lyubov não conseguia lembrar o quê. A essa altura de suas reflexões, estava em casa, em seu bangalô, e só teve que procurar no dicionário que ele e Selver compilaram durante quatro meses de trabalho exaustivo, mas harmonioso. Óbvio: *sha'ab*, tradutor.

Aquilo era conveniente demais, apropriado demais.

Será que os dois significados estavam relacionados? Muitas vezes estavam, mas não com tanta frequência a ponto de constituir uma regra. Se um deus fosse um tradutor, o que ele traduzia? Selver era, de fato, um intérprete talentoso, mas esse talento só tinha se manifestado através do acaso: o fato de uma língua verdadeiramente estrangeira ter sido introduzida em seu mundo. Será que um *sha'ab* era quem traduzia a linguagem do sonho e da filosofia, a Língua dos Homens, para um dialeto cotidiano? Mas todos os Sonhadores poderiam fazer isso. Talvez, então, ele fosse alguém que podia traduzir para a vida desperta a experiência fundamental da visão: aquela que servia de elo entre as duas realidades, consideradas iguais pelos athsheanos, o tempo do sonho e o tempo do mundo, cujas conexões, embora vitais, eram obscuras. Um elo: alguém que pudesse expressar em voz alta as percepções do subconsciente. "Falar" aquela língua é agir. Fazer algo novo. Transformar ou ser radicalmente transformado, desde a raiz. Pois a raiz é o sonho.

E o tradutor é o deus. Selver trouxera uma nova palavra para a linguagem de seu povo. Ele tinha realizado uma nova ação. A palavra, a ação, assassinato. Somente um deus poderia conduzir um recém-chegado tão notável quanto a morte na travessia da ponte entre os mundos.

Mas será que tinha aprendido a matar seus semelhantes em meio aos próprios sonhos de revolta e luto ou com as ações, inimagináveis mesmo em sonho, dos estrangeiros? Ele estava falando a própria língua ou a do capitão Davidson? Aquilo que parecia emergir da raiz de seu sofrimento e expressar o próprio ser, transformado, poderia, na verdade, se tratar de uma infecção, uma praga vinda do exterior, que não faria de sua raça um novo povo, mas o destruiria.

Não era da natureza de Raj Lyubov pensar "O que posso fazer?". Sua personalidade e sua formação o predispunham a não interferir na vida de outros homens. O trabalho dele era descobrir o que faziam e sua tendência era deixá-los seguir fazendo aquilo. Preferia ser esclarecido a esclarecer, procurar fatos em vez da Verdade. Mas mesmo a menos missionária das almas, a não ser que fingisse não ter emoções, se deparava, às vezes, com a escolha entre ação e omissão. "O que eles estão fazendo?" se tornava, de repente, "O que nós estamos fazendo?" e, então, "O que eu devo fazer?".

Ele sabia que agora atingira tal momento de escolha, mas ainda não compreendia claramente o porquê, nem quais alternativas lhe seriam oferecidas.

No momento, não podia fazer mais nada para aumentar a chance de sobrevivência dos athsheanos; Lepennon, Or e o ansível tinham feito mais do que ele podia esperar em toda sua vida. A Administração de Terran era explícita em todas as comunicações pelo ansível e o coronel Dongh, ainda que pressionado por alguns de seus funcionários e dos chefes da exploração madeireira a ignorar as diretrizes, cumpria as ordens. Ele era um oficial leal e, além disso, a *Shackleton* voltaria para observar e relatar como as ordens estavam sendo cumpridas. Os relatórios enviados para o governo tinham algum significado agora que aquele ansível, aquela *machina ex machina*, funcionava para coibir a antiga e confortável autonomia colonial e fazer as pessoas responderem em vida por suas ações. Não havia mais os 54 anos de margem de erro. As políticas já não eram mais estáticas. Agora, uma decisão da Liga dos Mundos poderia levar a colônia, da noite para o dia, a ser limitada a um Território, a ser proibida de cortar árvores ou encorajada a matar nativos... Era impossível dizer. E ainda não era possível antever, a partir das instruções categóricas da Administração, como a Liga funcionava e que tipo de políticas desenvolvia. Dongh estava preocupado com esses futuros de múltipla escolha, mas Lyubov gostava deles. Na diversidade havia vida, e onde há vida há esperança – essa era a essência de sua fé, uma essência modesta, com certeza.

Os colonos estavam deixando os athsheanos em paz e estes estavam deixando os colonos em paz. Uma situação salutar e que não deveria ser perturbada sem necessidade. A única coisa que provavelmente a perturbaria seria o medo.

No momento, como se podia imaginar, os athsheanos estavam desconfiados e ainda ressentidos, mas não especificamente com medo. Quanto ao pânico sentido em Centralville diante da notícia do massacre na Base de Smith, nada tinha acontecido para despertá-lo outra vez. Desde então, nenhum athsheano em lugar algum demonstrara qualquer violência; e, com a partida dos escravos, com os creechies todos sumidos, voltando para suas florestas, não havia mais a exasperação constante da xenofobia. Os colonos estavam, finalmente, começando a relaxar.

Se Lyubov relatasse ter visto Selver em Tuntar, Dongh e os outros ficariam alarmados. Poderiam insistir em tentar capturar Selver e levá-lo a julgamento. O Código Colonial proibia a acusação a um membro de uma sociedade planetária segundo as leis de outra, mas a Corte Marcial suprimia tais distinções. Eles poderiam julgar, condenar e executar Selver, trazendo Davidson de Nova Java para depor. Ah não, Lyubov pensou, enfiando o dicionário em uma prateleira abarrotada. Ah, não, ele pensou, e depois não pensou mais naquilo. Dessa forma, fez sua escolha sem nem mesmo saber que a tinha feito.

No dia seguinte, entregou um relatório curto, dizendo que Tuntar seguia suas atividades, como de costume, e que ele não fora rejeitado ou ameaçado. Era um relatório apaziguador e o mais inexato que Lyubov já tinha escrito. Omitia tudo de significativo: a ausência da chefe, a recusa de Tubab em cumprimentá-lo, o grande número de pessoas de fora na cidade, a expressão da jovem caçadora, a presença de Selver... Óbvio que esta última foi uma omissão intencional, mas fora isso, o relatório era bastante factual, ele pensou; tinha omitido apenas impressões subjetivas, como um cientista deveria fazer. Enquanto escrevia o relatório, teve uma forte enxaqueca e, depois de entregá-lo, outra pior ainda.

Naquela noite, sonhou muito, mas, de manhã, não conseguiu se lembrar dos sonhos. Na segunda noite depois de sua visita a Tuntar, acordou de madrugada e finalmente encarou, no grito histérico da sirene de alerta, o que vinha ignorando. Foi o único homem em Centralville a não ser pego de surpresa. Naquele momento, ele soube o que era: um traidor.

E no entanto, mesmo naquele instante, não estava claro em sua mente que se tratava de um ataque athsheano. Era o terror noturno.

Longe das outras casas, sua cabana isolada fora ignorada; talvez as árvores ao redor a protegessem, ele pensou enquanto saía às pressas. O centro da cidade estava todo em chamas. Até o cubo de pedra do QG queimava por dentro, como um forno quebrado. O ansível estava lá: o precioso elo. Também havia incêndios na direção do heliponto e do Campo. Onde eles tinham conseguido os explosivos? Como os incêndios foram iniciados ao mesmo tempo? Todas as construções de madeira dos dois lados da Rua Principal queimavam, o som das chamas era terrível. Lyubov correu em direção ao fogo. O caminho estava inundado; a princípio, ele pensou que fosse por causa de uma mangueira de incêndio, mas depois percebeu que a canalização do rio Menend estava inundando inutilmente o chão enquanto as casas ardiam com aquele rugido horrendo de sucção. Como eles tinham feito aquilo? Havia vigias, sempre havia vigias em jipes pelo Campo... Tiros: rajadas, o estardalhaço de uma metralhadora. Ao redor de Lyubov havia pequenas figuras, que corriam, mas ele corria em meio a elas sem lhes dar muita atenção. Estava agora na altura da Hospedaria e viu uma garota parada na porta, com o fogo cintilando às suas costas e uma rota de fuga livre à sua frente. Ela não se movia. Gritou com ela, depois atravessou o terreno correndo em sua direção e arrancou suas mãos dos batentes da portas aos quais, tomada pelo pânico, ela se agarrava; afastou-a à força e disse em tom gentil:

— Vamos, querida, vamos.

Ela, então, foi, mas não depressa o suficiente. Enquanto atravessavam o terreno, a fachada do andar superior, que chamejava por dentro, caiu devagar para a frente, empurrada pelas tábuas do telhado que desmoronava. As telhas de madeira e as vigas foram atiradas como fragmentos de conchas; a extremidade de uma viga em chamas atingiu Lyubov e o derrubou. Ele ficou esparramado, de bruços, no lago de lama iluminado pelo fogo. Não viu uma caçadora de pelo verde saltar sobre a garota, arrastá-la para trás e cortar a garganta dela. Ele não viu nada.

Nenhuma música foi cantada naquela noite. Houve apenas gritos e silêncio. Quando as naves voadoras pegaram fogo, Selver exultou e lágrimas afloraram em seus olhos, mas em sua boca, nenhuma palavra. Em silêncio, com o pesado lança-chamas nos braços, ele deu meia-volta para liderar seu grupo no retorno à cidade.

Cada grupo de pessoas do Oeste e do Norte era liderado por um ex-escravo como ele, alguém que servira aos yumanos em Central e que conhecia as construções e os caminhos da cidade.

A maioria das pessoas que esteve no ataque naquela noite nunca tinha visto a cidade dos yumanos; muitas delas nunca tinham visto um yumano. Elas vieram porque seguiram Selver, porque foram impulsionadas pelo sonho maligno e apenas ele poderia ensiná-las a dominá-lo. Havia centenas e centenas delas, homens e mulheres; elas esperaram em absoluto silêncio na escuridão chuvosa ao redor da cidade, enquanto os ex-escravos, dois ou três por vez, faziam aquilo que julgavam que deveria ser feito em primeiro lugar: destruir a tubulação de água, cortar os fios que distribuíam a energia elétrica do compartimento do gerador, arrombar e roubar o Arsenal. As primeiras mortes, as dos vigias, foram silenciosas, realizadas muito rapidamente, no escuro, com armas de caça, cordas de nó corrediço, facas, flechas. A dinamite, roubada no início da noite do campo de exploração, dezesseis quilômetros ao sul, foi preparada no Arsenal, o porão do edifício do QG, enquanto incêndios eram iniciados em outros lugares; e então o alarme disparou, os incêndios se inflamaram e a noite e o silêncio se dissiparam. A maior parte das detonações e dos disparos de armas veio dos yumanos que se defendiam, porque apenas os ex-escravos pegaram armas do Arsenal e as usaram; todos os demais continuaram com as próprias lanças, facas e arcos. Mas foi a dinamite, colocada e acesa por Reswan e outros que tinham trabalhado no curral dos lenhadores, que causou o estrondo que superou todos os outros ruídos, estourou as paredes do edifício do QG e destruiu os hangares e as naves.

Havia cerca de 1.700 yumanos na cidade naquela noite, cerca de quinhentos eram mulheres; disseram que todas as fêmeas yumanas estavam lá agora, foi por isso que Selver e os outros decidiram agir, embora nem todas as pessoas que desejavam comparecer já tivessem se reunido. Entre quatro e cinco mil homens e mulheres cruzaram as florestas para se reunir em Endtor e de lá seguir até aquele lugar, até aquela noite.

Os focos de fogo ardiam, imensos, e o cheiro de combustão e de carnificina era repugnante.

A boca de Selver estava seca e sua garganta doía, de modo que ele não conseguia falar e estava ávido por beber água. Enquanto liderava seu grupo pelo caminho que atravessava a cidade, um yumano veio correndo em sua direção, agigantando-se no ar fumarento, escuro e ofuscante. Selver levantou o lançador de fogo e puxou o gatilho, ao mesmo tempo em que o yumano escorregou na lama e, debatendo-se, caiu de joelhos. Nenhum jato de chama sibilante brotou da máquina, tudo fora gasto queimando as aeronaves que não estavam no hangar. Selver deixou a máquina pesada cair. O yumano não estava armado e era do sexo masculino. Selver tentou dizer "Deixem que fuja", mas sua voz estava fraca e dois homens, caçadores da Clareira de Abtam, saltaram, passando por ele e erguendo suas longas facas. As mãos grandes e nuas se sustentaram no ar e desabaram, frouxas. O enorme cadáver ficou caído em um monte no meio do caminho. Havia muitos outros mortos ali, no que tinha sido o centro da cidade. Já não havia mais tanto barulho, apenas o som das chamas.

Selver abriu os lábios e, com voz rouca, soltou o grito que, entre seu povo, encerrava a caçada; os que estavam com ele o escutaram com mais clareza e intensidade, como um longo falsete; em meio à névoa, ao vapor e à escuridão noturna raiada de chamas, outras vozes, próximas e distantes, responderam. Em vez de conduzir seu grupo imediatamente para fora da cidade, sinalizou para que prosseguissem e se pôs de lado, no chão lamacento, entre a trilha e um prédio que havia carbonizado e desmoronado. Ele caminhou passando por uma fêmea yumana morta e se inclinou sobre um macho que estava preso sob uma grande viga de madeira carbonizada. Não conseguia distinguir os traços borrados pela lama e penumbra.

Não era justo, não era necessário, ele não precisava ter olhado para aquele entre tantos mortos. Não precisava tê-lo reconhecido no escuro. Começou a seguir seu grupo. E então, voltou; com esforço, levantou a viga das costas de Lyubov e se ajoelhou, deslizando uma mão sob a cabeça pesada para que ele parecesse ficar mais confortável, com o rosto livre da terra; e então permaneceu ajoelhado ali, imóvel.

Ele não dormia havia quatro dias e não parava para sonhar havia mais tempo do que isso, mas não sabia o quanto. Desde que deixara Broter com seus seguidores de Cadast, Selver tinha agido, falado, viajado e feito planos, noite e dia. Fora de cidade em cidade falando com os povos da floresta, contando sobre aquela coisa nova e despertando-os do sonho para o mundo, organizando o que foi feito naquela noite, falando, sempre falando, e ouvindo as outras pessoas falarem, nunca em silêncio e nunca sozinho. Elas tinham escutado, tinham ouvido, e acabaram por vir atrás dele, para seguir um novo caminho. Tomaram nas próprias mãos o fogo que tanto temiam: dedicaram-se ao domínio do sonho maligno e atiraram contra o inimigo a morte que temiam. Tudo aconteceu como ele disse que aconteceria. Os alojamentos e muitas das residências dos yumanos foram incendiados; suas aeronaves foram queimadas ou arrebentadas; suas armas, roubadas ou destruídas; e suas fêmeas estavam mortas. As chamas estavam se extinguindo, a noite se tornava muito escura, conspurcada pela fumaça. Selver mal podia enxergar; olhou para o Leste se perguntando se o amanhecer se aproximava. Ali, ajoelhado na lama entre os mortos, ele pensou: agora, este é o sonho, o sonho maligno. Pensei que o conduzia, mas é ele que me conduz.

No sonho, os lábios de Lyubov se moveram um pouco contra a palma da mão de Selver, que olhou para baixo e viu os olhos do morto se abrirem. Estavam iluminados pela claridade das chamas que se extinguiam. Depois de algum tempo, ele falou o nome de Selver.

— Lyubov, por que ficou aqui? Eu disse para você ficar fora da cidade esta noite — falou Selver então, em sonho, com aspereza, como se estivesse zangado com Lyubov.

— Você é o prisioneiro? — disse Lyubov, em tom enfraquecido, sem levantar a cabeça, mas com uma voz tão trivial que Selver soube, em um instante, que aquele não era o tempo do sonho, mas o tempo do mundo, a noite da floresta. — Ou eu que sou?

— Nenhum dos dois, ou os dois, como vou saber? Todos os motores e máquinas estão incendiados. Todas as mulheres estão mortas. Deixamos os homens fugirem, se quisessem. Eu falei a eles para não colocar fogo em sua casa, os livros ficarão bem. Por que você não é como os outros, Lyubov?

— Sou cómo eles. Um homem. Como eles. Como você.

— Não. Você é diferente...

— Eu sou como eles. E você também. Escute, Selver. Não continue. Você não deve continuar matando outros homens. Você deve voltar... para si... para suas raízes.

— Quando seu povo se for, o sonho maligno vai parar.

— *Agora* — Lyubov disse, tentando levantar a cabeça, mas sua coluna estava quebrada. Ele ergueu os olhos para Selver e abriu a boca para falar. Seu olhar cedeu e voltou-se para o outro tempo, e seus lábios permaneceram abertos, sem palavras. A respiração dele assobiava baixinho na garganta.

Vozes distantes gritavam o nome de Selver, chamando-o várias vezes.

— Não posso ficar com você, Lyubov! — Selver falou, em lágrimas, e como não houve resposta, ele se levantou e tentou sair correndo. Mas, na escuridão do sonho, só conseguia andar com muita lentidão, como alguém marchando em águas profundas.

O Espírito do Freixo, mais alto do que Lyubov ou qualquer yumano, caminhava à frente dele, mas não olhava para trás, para mostrar sua máscara branca. Quando Selver partiu, disse a Lyubov:

— Vamos voltar. Vou voltar. Agora. Vamos voltar, agora, prometo a você, Lyubov!

Mas seu amigo, o que era gentil, o que salvara sua vida e traíra seu sonho, Lyubov, não respondeu. E caminhou na noite, em algum lugar perto de Selver, invisível e quieto como a morte.

Um grupo de habitantes de Tuntar encontrou Selver vagando no escuro, chorando e falando, dominado pelo sonho, e o levou no retorno imediato a Endtor.

Ali, na Casa temporária, uma barraca à margem do rio, ele ficou dois dias e duas noites, vulnerável e alucinado, enquanto os Anciões cuidavam dele. Todo esse tempo, as pessoas continuaram entrando e saindo de Endtor, retornando ao Lugar de Eshsen que fora chamado de Central, enterrando ali seus mortos e os mortos alienígenas: mais de trezentos dos seus, mais de setecentos dos outros. Havia cerca de quinhentos yumanos trancados no complexo, nos currais de creechies, que, vazios e isolados, não tinham sido incendiados. Como muitas pessoas tinham fugido, algumas chegando até os campos de extração de madeira mais distantes, ao sul, que não sofreram ataques, as que ainda estavam escondidas e vagando pela floresta ou pelas Terras Desmatadas foram caçadas. Algumas foram mortas, porque muitos jovens caçadores e caçadoras ainda ouviam apenas a voz de Selver dizendo "*Matem*". Outras pessoas deixaram a noite de matança para trás, como se aquilo tivesse sido um pesadelo, o sonho maligno que precisa ser compreendido para não se repetir; ao se depararem com um yumano sedento e exausto, encolhido em um matagal, elas não conseguiram matá-lo. Então, talvez, ele as tenha matado. Havia grupos de dez e vinte yumanos armados com machados e revólveres, embora poucos com munição sobrando. Esses grupos foram seguidos até que um número suficiente de yumanos estivesse escondido na floresta que os circundava; então, eles foram dominados, amarrados e levados de volta para Eshsen. Em dois ou três dias, todos foram capturados, porque toda aquela área de Sornol estava repleta de gente da floresta. Nunca se soube de algum homem que tenha tido metade ou um décimo daquela habilidade para reunir pessoas em um só lugar; algumas ainda estavam chegando de cidades distantes e outros Territórios, outras já estavam voltando para casa. Os yumanos capturados foram colocados com os demais no complexo, embora o lugar estivesse superlotado e as cabanas fossem pequenas para eles.

Recebiam água e comida duas vezes ao dia e eram vigiados o tempo todo por umas duas centenas de caçadores armados.

Na tarde seguinte à Noite de Eshsen, chegou uma aeronave, vinda do Leste, trepidando e voando baixo, como se fosse pousar, depois arremeteu, como uma ave de rapina que perdeu a presa, e sobrevoou em círculos a pista de pouso destruída, a cidade que ardia lentamente e as Terras Desmatadas. Reswan tinha garantido que os rádios fossem destruídos e talvez tenha sido o silêncio dos equipamentos que atraiu a aeronave de Kushil ou Rieshwel, onde havia três povoados de yumanos. Os prisioneiros do complexo saíram correndo das cabanas e gritaram para o aparelho quando ele passou sacolejando e logo partiu, chacoalhando pelo céu, depois de deixar um objeto cair no complexo em um pequeno paraquedas.

Agora havia quatro daquelas naves aladas em Athshe, três em Kushil e uma em Rieshwel, todas do modelo pequeno, que carregava quatro homens; elas também carregavam metralhadoras e lança-chamas e foram uma grande preocupação para Reswan e os outros quando Selver se perdeu deles, percorrendo os caminhos ocultos do outro tempo.

No terceiro dia, magro, atordoado, faminto e calado, ele acordou no tempo do mundo. Depois de se banhar no rio e comer, ouviu Reswan, a chefe de Berre e outras pessoas escolhidas como líderes. Contaram a ele como o mundo funcionou enquanto ele sonhava. Quando já tinha ouvido a todos, os observou, e viram nele um deus. Doentes de nojo e medo depois da Noite de Eshsen, alguns deles duvidaram. Seus sonhos eram perturbadores e cheios de sangue e fogo, passavam o dia todo cercados por estranhos, pessoas que vinham de todas as florestas, centenas delas, milhares, todas reunidas ali como milhanos na carniça, ninguém se reconhecia: e lhes parecia que o fim tinha chegado e nada jamais seria igual ou justo outra vez. Mas, na presença de Selver, eles se lembraram de seu objetivo; sua angústia diminuiu e esperaram que ele falasse.

— A matança acabou — disse ele. — Garantam que todos saibam disso. — Ele os observou. — Tenho que conversar com os que estão no complexo. Quem os está liderando?

— Peru, Pé Chato, Chorão — disse Reswan, o ex-escravo.

— Peru está vivo? Ótimo. Greda, me ajude a levantar, tenho enguias no lugar dos ossos…

Depois de algum tempo em pé, ele ficou mais forte e, em menos de uma hora, partiu para Eshsen, uma caminhada de duas horas a partir de Endtor.

Quando chegaram, Reswan subiu uma escada encostada no muro do complexo e berrou na mistura de inglês e pidgin ensinada aos escravos:

— Dong-a, venha ao portão, vamos-ande-logo!

Das vielas entre as barracas baixas de cimento, alguns dos yumanos gritaram e jogaram torrões de terra nele. Ele agachou e esperou.

O velho coronel não apareceu, mas Gosse, a quem eles chamavam de Chorão, saiu mancando de uma cabana e chamou Reswan:

— O coronel Dongh está doente, não pode sair.

— Doente de que tipo?

— Intestino, doença da água. O que você quer?

— Conversar-conversar… Meu senhor deus — disse Reswan na própria língua, olhando para baixo, para Selver. — O Peru está se escondendo, você quer conversar com o Chorão?

— Tudo bem.

— Atenção no portão aqui, arqueiros! Para o portão, se-nhor Goss-a, vamos-ande-logo!

O portão foi aberto apenas o suficiente e por tempo bastante para Gosse passar se espremendo. Ele ficou parado diante do portão sozinho, de frente para o grupo de Selver. Puxava uma perna, ferida na Noite de Eshsen. Vestia um pijama manchado de lama e ensopado de chuva. Seus cabelos grisalhos pendiam em mechas ao redor das orelhas e sobre a testa. Duas vezes mais alto do que seus captores, ele permaneceu muito rijo e os encarou com uma aflição corajosa e colérica.

— O que vocês querem?

— Precisamos conversar, sr. Gosse — disse Selver, que tinha aprendido o inglês simplificado com Lyubov. — Sou Selver do Freixo de Eshreth. Sou amigo de Lyubov.

— Sim, conheço você. O que tem a dizer?

— Tenho a dizer que a matança acabou, se for feita uma promessa a ser cumprida pelo seu povo e pelo meu. Todos vocês podem ficar livres, se reunirem seu povo dos campos de extração de madeira no Sul de Sornol, em Kushil e em Rieshwel e fizerem com que todos fiquem aqui, juntos. Podem morar aqui onde a floresta está morta, onde vocês cultivam suas sementes de capim. Não pode mais haver corte de árvores.

O rosto de Gosse demonstrou ansiedade.

— Os campos não foram atacados?

— Não.

Gosse não disse nada.

Selver observou o rosto dele e voltou a falar:

— Sobraram menos de dois mil de seu povo vivos, acho. Suas mulheres estão todas mortas. Nas outras bases ainda existem armas, vocês poderiam matar muitos de nós. Mas temos algumas delas. E há mais de nós do que conseguiriam matar. Suponho que saibam disso e que é por isso que ainda não tentaram fazer suas naves voadoras lhes trazerem lança-chamas e matar os vigias e escapar. Isso não seria nada bom, há realmente muitos de nós. Se vocês fizerem a promessa conosco será melhor, e depois poderão esperar sem correr risco até que uma de suas imensas naves venha e vocês possam ir embora do mundo. Isso acontecerá em três anos, acho.

— Sim, três anos locais... Como você sabe disso?

— Bem, escravos têm ouvidos, sr. Gosse.

Finalmente, Gosse o olhou de frente. E desviou o olhar, incomodado, tentando mover a perna com cuidado. Olhou para Selver outra vez e desviou o olhar de novo.

— Já tínhamos "prometido" não machucar ninguém do seu povo. Por isso os trabalhadores foram enviados para casa. Não adiantou, vocês não escutaram...

— Não foi uma promessa feita para nós.

— Como podemos fazer qualquer tipo de acordo ou tratado com um povo que não tem nenhum governo, nenhuma autoridade central?

— Não sei. Não sei se vocês sabem o que é uma promessa. Essa aí foi logo quebrada.

— O que você quer dizer? Por quem, como?

— Em Rieshwel, Nova Java. Quatorze dias atrás. Uma cidade foi incendiada e sua população assassinada por yumanos da Base de Rieshwel.

— É mentira. Ficamos em contato por rádio com Nova Java o tempo todo, até o massacre. Ninguém estava matando nativos lá ou em qualquer outro lugar.

— Você está falando a verdade que você conhece — disse Selver. — Eu falo a verdade que eu conheço. Aceito sua ignorância sobre os assassinatos em Rieshwel, mas você deve aceitar quando digo que eles aconteceram. Isso fica mantido: a promessa deve ser feita para nós e conosco, e deve ser cumprida. Você vai querer conversar sobre essas questões com o coronel Dongh e os outros.

Gosse avançou como se quisesse entrar pelo portão, depois se virou e disse com sua voz rouca e profunda:

— Quem é você, Selver? Você... foi você que organizou o ataque? Você os liderou?

— Sim, fui eu.

— Então todo esse sangue recai sobre você — disse Gosse, e com repentina selvageria acrescentou: — e sobre Lyubov também, você sabe. Ele está morto... seu "amigo Lyubov".

Selver não entendeu a expressão. Ele tinha aprendido sobre assassinato, mas sobre culpa ele pouco conhecia, além do nome. Quando o olhar dele se fixou por um instante no olhar pálido e cheio de ressentimento de Gosse, sentiu medo. Um mal-estar se apoderou dele, um calafrio mortal. Ele tentou colocar aquilo de lado fechando os olhos por um instante. Por fim, falou:

— Lyubov é meu amigo e, portanto, não está morto.

— Vocês são crianças — disse Gosse com ódio. — Crianças, selvagens. Não têm nenhuma noção de realidade. Isso não é um sonho, isso é real! Vocês mataram Lyubov. Ele está morto. Vocês mataram as mulheres... as *mulheres*... vocês as queimaram vivas, as mataram como a animais!

— Devíamos ter deixado que vivessem? — questionou Selver com a mesma veemência de Gosse, mas em tom brando, sua voz cantava um pouco. — Para procriarem como insetos na carcaça do Mundo? Para nos ultrapassarem? Nós as matamos para esterilizar vocês. Sei o que é um realista, sr. Gosse. Lyubov e eu conversamos sobre essas palavras. Um realista é um homem que conhece tanto o mundo quanto os próprios sonhos. Vocês não têm sanidade; entre vocês, não há um homem em mil que saiba sonhar. Nem Lyubov e, de vocês, ele era o melhor. Vocês dormem, acordam e esquecem seus sonhos, dormem novamente e acordam novamente, e assim desperdiçam sua vida inteira, e pensam que existência, vida, realidade é isso! Vocês não são crianças, são homens adultos, mas insanos. E é por isso que tivemos que matá-los antes que vocês nos deixassem loucos.

Agora volte e converse sobre a realidade com os outros homens. Conversem bastante, e direito!

Os vigias abriram o portão, ameaçando com suas lanças os yumanos aglomerados do lado de dentro; Gosse voltou para o complexo, seus ombros largos estavam encurvados, como se enfrentassem a chuva.

Selver estava muito cansado. A chefe de Berre e outra mulher vieram até ele e caminharam a seu lado, com os braços dele sobre os ombros delas para que, se ele tropeçasse, não caísse. O jovem caçador Greda, primo de sua Árvore, brincou com ele, e Selver, atordoado, respondeu sorrindo. A caminhada de volta a Endtor pareceu durar dias.

Ele estava cansado demais para comer. Bebeu um pouco de caldo quente e se deitou perto da Fogueira dos Homens. Endtor não era uma cidade, mas um mero acampamento às margens do Grande Rio, local de pesca favorito para todas as cidades que já tinham existido ao redor da floresta, antes da chegada dos yumanos. Não havia Casa. Dois anéis de fogo feitos em pedra preta e uma longa margem coberta de relva junto ao rio, onde podiam ser montadas tendas de couro e junco trançado, essa era Endtor. Lá, no mundo e no sonho, o Menend, principal rio de Sornol, falava incessantemente.

Havia muitos Anciões ao redor da fogueira, alguns dos quais ele conhecia de Broter e Tuntar e da própria cidade destruída, Eshreth, e alguns que ele não conhecia; conseguia ver em seus olhos e gestos, e ouvir em suas vozes, que eram Grandes Sonhadores; talvez, o maior número de sonhadores que já fora reunido em um só lugar. Estendido no chão, olhando para o fogo, com a cabeça erguida sobre as mãos, ele disse:

— Chamei os yumanos de loucos. Será que eu estou louco?

— Você não vê a diferença entre um tempo e outro — disse o velho Tubab, colocando um nó de lenha de pinheiro no fogo

—, porque passou muito tempo sem sonhar, nem dormindo nem acordado. Isso tem um preço que demora muito a ser pago.

— Os venenos que os yumanos tomam causam praticamente o mesmo que a privação de sono e sonho — disse Heben, que fora escravizado em Central e na Base de Smith. — Os yumanos se envenenam para sonhar. Vi o olhar de sonhador neles depois de tomarem os venenos. Mas não conseguiam chamar nem controlar os sonhos, nem entrelaçar, nem forjar nem parar de sonhar; eles eram conduzidos, dominados. Não conheciam nada que havia dentro deles. É assim com um homem que não sonha há muitos dias. Mesmo que ele seja o mais sábio da Casa, ainda ficará louco de vez em quando, aqui e ali, por um longo tempo. Ele será coagido, escravizado. Não vai compreender a si mesmo.

Um homem muito velho, com sotaque do sul de Sornol, pôs a mão na cabeça de Selver, acariciando-o, e disse:

— Meu querido e jovem deus, você precisa cantar, isso lhe faria bem.

— Não consigo. Cante para mim.

O velho cantou; outros se juntaram a ele, suas vozes altas e agudas, quase desafinadas, sopravam como o vento nos juncos aquáticos de Endtor. Eles cantaram uma das canções do Freixo sobre as delicadas folhas fendidas que ficam amarelas no outono, quando as frutas silvestres se tornam vermelhas, e então, uma noite, a primeira geada as deixava prateadas.

Enquanto Selver ouvia a música do Freixo, Lyubov se deitou a seu lado. Deitado, ele não parecia tão monstruosamente alto e com braços e pernas tão longos. Atrás dele estava o prédio meio desmoronado e consumido pelo fogo, negro com as estrelas ao fundo.

— Sou como você — disse ele sem olhar para Selver, naquela voz de sonho que tenta revelar a própria mentira. O coração de Selver estava pesado de tristeza pelo amigo. — Estou com dor de cabeça — Lyubov falou com sua voz, esfregando a parte de trás do pescoço, como sempre fazia, e naquele momento Selver estendeu a mão para tocá-lo, para consolá-lo. Mas, no tempo do mundo, ele era sombra e luz do fogo e os Anciões estavam cantando a canção do Freixo sobre as pequenas flores brancas entre as folhas fendidas nos galhos negros da primavera.

No dia seguinte, os yumanos presos no complexo chamaram Selver. Ele veio a Eshsen à tarde e se encontrou com eles fora do complexo, sob os galhos de um carvalho, pois todo o povo de Selver se sentia um pouco desconfortável a céu aberto. Eshsen tinha sido um bosque de carvalhos; aquela árvore era a maior entre as poucas que os colonos deixaram em pé. Ficava na longa encosta atrás do bangalô de Lyubov, uma das seis ou oito casas que resistiram à noite dos incêndios sem sofrer danos. Sob o carvalho, junto com Selver, estavam Reswan, a chefe de Berre, Greda de Cadast e outros que desejavam participar da negociação, cerca de doze pessoas no total. Muitos arqueiros faziam a vigilância, temendo que os yumanos pudessem ter armas escondidas, mas eles ficaram sentados atrás de arbustos ou escombros da destruição que restaram do incêndio, para não dominarem o ambiente com uma insinuação de ameaça. Com Gosse e o coronel Dongh vieram três yumanos chamados oficiais e dois do campo de extração de madeira; ao ver um deles, Benton, os ex-escravos respiraram fundo. Benton costumava punir "creechies preguiçosos" castrando-os em público.

O coronel parecia magro, sua pele normalmente marrom-amarelada tinha agora um tom amarelo-lamacento; sua doença não era uma farsa.

— Agora, a primeira coisa é... — disse ele quando todos estavam acomodados, os yumanos em pé, o povo de Selver agachado ou sentado no musgo úmido e macio das folhas de carvalho —... a primeira coisa é que quero ter, de início, uma definição de trabalho sobre o que significam, exatamente, essas condições de vocês e o que significam em termos de garantia de segurança para o pessoal aqui sob meu comando.

Fez-se silêncio.

— Vocês entendem inglês, não é, alguns de vocês?

— Sim. Não entendo sua pergunta, sr. Dongh.

— Coronel Dongh, por favor!

— Então me chame de coronel Selver, por favor. — Uma nota cantada insinuou-se na voz de Selver. Ele se levantou, pronto para a disputa, com melodias afluindo à sua mente como rios.

Mas o velho yumano ficou parado, imenso e pesado, zangado, mas sem enfrentar o desafio.

— Não vim aqui para ser insultado por vocês, seus humanoides insignificantes — disse ele. Mas seus lábios tremeram quando falou aquilo. Ele estava velho, confuso e humilhado. Toda expectativa de triunfo desapareceu de Selver. Não havia mais triunfo no mundo, apenas morte. Ele se sentou novamente.

— Não pretendo insultá-lo, coronel Dongh — falou ele, resignado. — Pode repetir sua pergunta, por favor?

— Quero ouvir suas condições, e você ouvirá as nossas, simples assim.

Selver repetiu o que dissera a Gosse.

Dongh ouviu com evidente impaciência.

— Certo. Vocês não perceberam que temos um rádio em funcionamento no complexo da prisão já faz três dias. — Selver sabia disso, pois Reswan havia verificado imediatamente o objeto derrubado pelo gafanhoto, temendo que fosse uma arma; os vigias relataram que era um rádio e ele deixou que os yumanos ficassem com ele. Selver apenas assentiu. — Por isso, temos mantido contato o tempo todo com as três bases avançadas, duas no Território de King e uma em Nova Java, e se tivéssemos decidido nos libertar e escapar do complexo da prisão, teria sido muito simples fazer isso, com gafanhotos para nos trazer armas e dar cobertura aos nossos movimentos com suas armas acopladas. Um lança-chamas poderia ter nos tirado do complexo e, em caso de necessidade, eles também têm as bombas que podem explodir uma área inteira. Você nunca as viu em ação, evidentemente.

— Se vocês tivessem deixado o complexo, para onde teriam ido?

— A questão é que, sem incluir nada despropositado ou fatores equivocados, agora certamente estamos em menor número do que suas forças, mas temos os quatro gafanhotos das bases, que não adianta vocês tentarem desativar, já que, agora, eles estão sob vigilância armada o tempo todo, assim como todo o poder de fogo relevante, de modo que a dura realidade da situação é que podemos chamá-la de empate técnico e conversar em condições de igualdade mútua. Isso, obviamente, é uma situação temporária. Se necessário, estamos habilitados a manter uma ação militar defensiva para evitar uma guerra geral. Além disso, temos o respaldo de todo o poder de fogo da Frota Interestelar Terrana, que poderia apagar seu planeta inteiro do céu. Mas essas ideias são bastante intangíveis para vocês, então, colocando da maneira mais clara e simples que posso: estamos preparados para negociar com vocês, no momento, em termos de um sistema de referência igualitário.

A paciência de Selver era curta; ele sabia que seu mau humor era um sintoma de seu estado mental debilitado, mas não conseguiu mais controlá-lo.

— Continuem, então!

— Bem, primeiro, quero que fique claro que, assim que recebemos o rádio, dissemos aos homens nas outras bases para não nos trazerem armas e não tentarem nenhuma remoção aérea ou resgate, e que as represálias estavam estritamente fora de questão...

— Isso foi prudente. E depois?

O coronel Dongh iniciou uma réplica irritada, depois parou; ficou muito pálido.

— Será que não há nada para eu me sentar — ele afirmou.

Selver deu a volta no grupo de yumanos, subiu uma ladeira, entrou em um bangalô vazio de dois cômodos e pegou uma cadeira dobrável. Antes de sair do cômodo silencioso, ele se abaixou e encostou a maçã de seu rosto na madeira bruta e cheia de cicatrizes da mesa onde Lyubov sempre se sentava para trabalhar, com Selver ou sozinho; agora, alguns de seus papéis estavam ali. Selver os tocou levemente. Levou a cadeira para fora e a colocou para Dongh na terra úmida de chuva. O velho se sentou, mordendo os lábios, seus olhos amendoados contraídos de dor.

— Sr. Gosse, talvez você possa falar pelo coronel — disse Selver. — Ele não está bem.

— Eu falo — disse Benton, dando um passo à frente, mas Dongh balançou a cabeça e murmurou:

— Gosse.

Ter o coronel como ouvinte e não como orador foi mais fácil. Os yumanos estavam aceitando os termos de Selver. Com uma promessa mútua de paz, eles retirariam todos os seus postos avançados e viveriam em uma única área, a região em que tinham feito seu plantio em Sornol Central: cerca de 2.700 quilômetros quadrados de terreno ondulado e bem irrigado. Eles prometeram não entrar na floresta; o povo da floresta prometeu não invadir as Terras Desmatadas.

As quatro aeronaves restantes foram motivo de certa discussão. Os yumanos insistiram que precisavam delas para trazer seu povo das outras ilhas para Sornol. Como as máquinas carregavam apenas quatro homens e gastariam várias horas em cada viagem, parecia a Selver que os yumanos poderiam chegar a Eshsen bem mais depressa caminhando e ele lhes ofereceu o serviço de balsa na travessia do estreito; mas aparentemente os yumanos jamais caminhavam tanto. Muito bem, eles poderiam manter os gafanhotos para o que chamaram de "Operação de Remoção Aérea". Depois disso, eles deveriam destruí-los. Recusa. Raiva. Eles eram mais protetores com suas máquinas do que com seus corpos. Selver cedeu, dizendo que eles poderiam ficar com os gafanhotos se sobrevoassem apenas as Terras Desmatadas e se as armas existentes neles fossem destruídas. Os yumanos discutiram sobre isso, mas entre si, enquanto Selver esperava, repetindo de tempos em tempos os termos de sua exigência, pois ele não cederia nesse ponto.

— Qual é a diferença, Benton? — disse finalmente o velho coronel, furioso e trêmulo. — Você não percebe que não podemos usar as malditas armas? Há três milhões desses alienígenas espalhados por todas as malditas ilhas, todas cobertas de árvores e vegetação rasteira, sem cidades, sem rede vital, sem controle centralizado. Não dá para desativar um tipo de estrutura de guerrilha usando bombas, isso foi provado; na verdade, foi a parte do mundo em que nasci que provou isso, no século XX, lutando por cerca de trinta anos contra as grandes superpotências, uma após a outra. E, até que venha uma nave, não estamos em condição de provar nossa superioridade. Vamos deixar as grandes armas de lado, desde que possamos garantir as armas de mão para caça e autodefesa!

Ele era o Ancião deles e sua opinião prevaleceu no final, como teria acontecido em uma Casa dos Homens. Benton ficou de mau humor. Gosse começou a falar sobre o que aconteceria se a trégua fosse quebrada, mas Selver o deteve.

— Essas são possibilidades, ainda não terminamos de falar das certezas. Sua Grande Nave deve retornar em três anos, ou seja, três anos e meio da contagem de vocês. Até esse momento vocês ficarão livres aqui. Não será muito difícil. Nada mais será levado de Centralville, exceto parte do trabalho de Lyubov que desejo guardar. Vocês ainda terão a maior parte de suas ferramentas de corte de árvores e de deslocamento em terra; se precisarem de mais ferramentas, as minas de ferro de Peldel estão no seu território.

Acho que tudo isso ficou claro. O que resta saber é: quando essa nave chegar, o que eles vão tentar fazer com vocês e conosco?

— Não sabemos — disse Gosse.

Dongh desenvolveu:

— Se vocês não tivessem destruído o comunicador ansível logo de início, poderíamos receber alguma informação atualizada sobre esses assuntos, e nossos relatórios certamente influenciariam as decisões que podem ser tomadas em relação a uma conclusão sobre o status deste planeta, que então poderíamos começar a implementar antes que a nave retornasse de Prestno. Mas devido à destruição injustificada, devido a sua ignorância sobre os próprios interesses de vocês, agora não temos sequer um rádio que transmita para além de algumas centenas de quilômetros.

— O que é ansível? — A palavra já havia surgido antes naquela conversa; era nova para Selver.

— DCI — disse o coronel, irritado.

— Uma espécie de rádio — falou Gosse, com arrogância. — Ele nos coloca em contato instantâneo com nosso planeta de origem.

— Sem os 27 anos de espera?

Gosse olhou fixo para Selver.

— Certo. Totalmente correto. Você aprendeu muito como Lyubov, não é?

— Ele não acabou de dizer? — Benton respondeu. — Ele era o amiguinho verde de Lyubov. Aprendeu tudo que valia a pena saber e mais um pouco. Como todos os pontos vitais para sabotagem, onde os vigias estariam posicionados e como chegar ao depósito de armas. Eles deviam estar em contato até o momento em que o massacre começou.

Gosse pareceu desconfortável.

— Raj está morto. Tudo isso é irrelevante agora, Benton. Temos que estabelecer…

— Você está tentando inferir que o capitão Lyubov estava, de alguma maneira, envolvido em alguma atividade que poderia ser chamada de traição à colônia, Benton? — disse Dongh, lançando-lhe um olhar furioso e pressionando as mãos contra a barriga. — Não havia espiões ou traidores na minha equipe, ela foi escolhida a dedo antes de sairmos de Terran e sei com que tipo de homem tenho que lidar.

— Não estou inferindo nada, coronel. Estou dizendo diretamente que foi Lyubov quem incitou os creechies e que, se as ordens não tivessem sido alteradas contra nós depois que a nave da Frota esteve aqui, isso nunca teria acontecido.

Gosse e Dongh começaram a falar ao mesmo tempo.

— Vocês estão todos muito doentes — Selver observou, levantando-se e se limpando, porque as folhas úmidas e marrons do carvalho se agarravam ao pelo curto de seu corpo como à seda. — Sinto muito por termos que mantê-los no curral de creechies, não é um bom lugar para a alma. Por favor, chamem os homens das bases. Quando todos estiverem aqui, as armas grandes forem destruídas e a promessa for feita por todos nós, então deixaremos vocês em paz. Os portões do complexo serão abertos quando eu sair daqui hoje. Há algo mais a ser dito?

Nenhum deles falou nada. Olharam para baixo, para ele. Sete pessoas grandes, sem pelos na pele bronzeada ou marrom coberta por panos, olhos escuros e rostos sombrios; doze pessoas pequenas, verdes ou verde-acastanhados, cobertos de pelos, com grandes olhos meio noturnos e rostos sonhadores; entre os dois grupos, Selver, o tradutor, frágil, desfigurado, segurando todos aqueles destinos nas mãos vazias. A chuva caía suavemente sobre a terra marrom aos pés deles.

— Adeus, então — falou Selver, e levou seu povo embora.

— Eles não são tão ignorantes — disse a chefe de Berre enquanto acompanhava Selver de volta a Endtor. — Pensei que esses gigantes talvez fossem ignorantes, mas eles perceberam que você é um deus, eu vi isso no rosto deles no final da conversa. Como você fala bem aquela lenga-lenga. Feios eles são, você acha que nem os filhos deles têm pelos?

— Isso nós nunca saberemos, espero.

— Eca, imagine amamentar uma criança que não é peluda. É como tentar alimentar um peixe.

— Eles são todos insanos — disse o velho Tubab, parecendo profundamente angustiado. — Lyubov não era assim quando chegou em Tuntar. Ele era ignorante, mas sensato. Mas esses discutem, zombam do velho e odeiam uns aos outros desse jeito. — E ele contorceu o rosto de pelo cinzento para imitar as expressões dos terranos, cujas palavras, óbvio, não conseguira acompanhar. — Foi isso que você falou a eles, Selver, que eles são loucos?

— Eu disse que estavam doentes. Mas eles foram derrotados, feridos e trancados naquela jaula de pedra. Depois disso, qualquer um poderia ficar doente e precisar de cura.

— Quem vai curá-los? — questionou a chefe de Berre — As mulheres deles estão todas mortas. Pior para eles. Pobres criaturas feias... imensas aranhas sem pelos, eca!

— Eles são homens, homens, como nós, homens — disse Selver, com sua voz estridente e cortante como uma faca.

— Ah, meu querido senhor deus, eu sei, só quis dizer que eles *se parecem* com aranhas — explicou a velha, acariciando a maçã do rosto dele. — Vejam, pessoal, Selver está exausto com esse vaivém entre Endtor e Eshsen, vamos nos sentar e descansar um pouco.

— Aqui, não — disse Selver. Eles ainda estavam nas Terras Desmatadas, entre tocos e encostas gramadas, sob o céu nu. — Quando chegarmos embaixo das árvores...

Ele tropeçou, e aqueles que não eram deuses o ajudaram a seguir pela estrada.

Davidson encontrou uma boa utilidade para o gravador do major Muhamed. Alguém tinha de fazer um registro dos acontecimentos em Novo Taiti, uma história da crucificação da colônia terrana. Para que, quando as naves viessem da Mãe Terra, pudessem saber a verdade. Para que as gerações futuras pudessem tomar conhecimento de toda a traição, a covardia e a loucura que os humanos eram capazes, e de toda a coragem, mesmo contra todas as probabilidades. Em seus momentos livres, que não eram muito mais do que instantes desde que assumira o comando, ele gravou toda a história do Massacre da Base de Smith e atualizou os registros de Nova Java e também de King e Central, da melhor forma que pôde, a partir do material confuso e histérico que recebera, a título de informação, do QG de Central.

O que, exatamente, tinha acontecido ali ninguém jamais saberia, exceto os creechies, pois os humanos estavam tentando encobrir as próprias traições e erros. Mas as linhas gerais eram claras. Um grupo organizado de creechies, liderado por Selver, havia entrado no Arsenal e nos hangares e liberado dinamite, granadas, armas e lança-chamas para destruir completamente a cidade e massacrar os humanos. Era uma ação com colaboração interna: o fato de o QG ter sido o primeiro lugar explodido prova isso. Era óbvio que Lyubov havia participado, e seus amiguinhos verdes tinham se mostrado tão agradecidos quanto o esperado, cortando a garganta dele, como a dos outros. Pelo menos, Gosse e Benton alegaram tê-lo visto morto na manhã seguinte ao massacre. Mas, na verdade, podia-se acreditar em algum deles? Podia-se supor que qualquer humano que sobrevivera àquela noite em Central era mais ou menos traidor. Traidor de sua raça.

Disseram que as mulheres estavam todas mortas. Isso já era ruim o suficiente, mas o pior era que não havia motivo para acreditar naquilo. Para os creechies, era fácil fazer prisioneiros na floresta, e nada seria mais fácil do que capturar uma garota aterrorizada que estivesse fugindo da cidade em chamas. E os diabinhos verdes não iam adorar se apossar de uma garota humana e tentar experiências com ela? Só Deus sabia quantas mulheres ainda estavam vivas nas tocas de creechies, amarradas naqueles buracos fedorentos sob a terra, sendo tocadas, sentidas, trepadas e contaminadas pelos homens-macaco imundos e peludos. Aquilo era impensável. Mas, por Deus, às vezes é preciso ser capaz de pensar no impensável.

Um gafanhoto de King deixou um transmissor-receptor para os prisioneiros de Central no dia seguinte ao massacre e Muhamed gravou todas as comunicações com Central a partir daquele dia. A mais inacreditável foi uma conversa entre ele e o coronel Dongh. A primeira vez que a reproduziu, Davidson arrancou a coisa do rolo e a queimou. Agora, desejava tê-la guardada para os registros, como uma prova perfeita da total incompetência dos OCs de Central e Nova Java. Ao destruí-la, se rendera ao próprio sangue quente. Mas como ele poderia se sentar ali e ouvir a gravação do coronel e do major discutindo a rendição total aos creechies, concordando em não tentar retaliação, em não se defender, em desistir de todas as suas grandes armas para se espremerem em um pedaço de terra escolhido para eles pelos creechies, uma reserva que lhes fora dada por seus generosos conquistadores, os bichinhos verdes? Era inacreditável. Literalmente inacreditável.

Provavelmente, o velho Ding Dong e Moo não haviam tido, de fato, a intenção de agir como traidores. Tinham apenas enlouquecido, perdido a coragem. Fora aquele maldito planeta que fizera aquilo com eles. Era preciso uma personalidade muito forte para resistir. Talvez houvesse algo no ar, talvez o pólen de todas aquelas árvores, agindo como algum tipo de droga que fazia seres humanos comuns começarem a ficar tão estúpidos e desligados da realidade quanto os creechies. E então, estando em um número tão menor, eles se tornaram presas fáceis para os creechies erradicarem.

Pena que Muhamed precisasse ser tirado do caminho, mas ele jamais teria aceitado os planos de Davidson, isso era evidente; ele estava perdido demais. Qualquer um que tivesse ouvido aquela fita inacreditável concordaria com isso. Então, foi melhor ele ter levado um tiro antes de saber o que realmente estava acontecendo e, então, nenhuma vergonha estaria associada a seu nome, como aconteceria com Dongh e todos os outros oficiais deixados vivos em Central.

Dongh não tinha aparecido no rádio ultimamente. Em geral, vinha Juju Sereng, da Engenharia. Davidson costumava conversar muito com ele e o via como amigo, mas agora não se podia confiar em mais ninguém. E Juju era outro asiatiforme. Era mesmo estranho quantos deles tinham sobrevivido ao Massacre de Centralville; daqueles com quem conversou, o único não asiático era Gosse. Ali em Java, os 55 homens leais que restaram depois da reorganização eram, em sua maioria, eurafs como ele, alguns afros e afrasiáticos, nenhum asiático puro. Afinal, o sangue fala. Não se pode ser totalmente humano sem um pouco de sangue do Berço da Humanidade em suas veias. Mas isso não iria impedi-lo de salvar aqueles pobres filhos da puta amarelos em Central, apenas ajudava a explicar o baixo moral entre eles sob estresse.

— Você não percebe que tipo de problemas está nos causando, Don? — Juju Sereng perguntou, com sua voz monótona. — Firmamos uma trégua formal com os creechies. E estamos sob ordens diretas da Terra para não prejudicar as FOVIALI e não retaliar. De qualquer maneira, como diabos poderíamos retaliar? Agora que todos os companheiros do Território de King e de Central do Sul estão aqui conosco, ainda somos menos de dois mil, e quantos você tem aí em Java, cerca de 65 homens, não é? Acha mesmo que dois mil homens podem enfrentar três milhões de inimigos inteligentes, Don?

— Juju, cinquenta homens conseguem fazer isso. É questão de vontade, habilidade e armamento.

— Besteira! Mas, Don, a questão é: foi feita uma trégua. E se ela for descumprida, sabemos no que vai dar. É tudo o que nos mantém a salvo agora. Talvez quando a nave voltar de Prestno, vendo o que aconteceu, eles decidam acabar com os creechies. Não sabemos. Mas parece que os creechies pretendem manter a trégua, afinal, foi ideia deles, e nós temos que mantê-la. Eles podem nos exterminar por maioria a qualquer momento, como fizeram em Centralville. Havia milhares deles. Você não entende isso, Don?

— Ouça, Juju, claro que entendo. Se você está com medo de usar os três gafanhotos que ainda tem aí, pode mandá-los para cá, com alguns companheiros que enxergam as coisas como as vemos aqui. Se vou libertar vocês sozinho, certamente poderiam lançar mão de mais algumas máquinas para o trabalho.

— Você não vai nos libertar, vai nos incinerar, seu maldito idiota. Traga esse último gafanhoto para Central agora; é ordem do coronel, pessoalmente, para você como agente OC. Use-o para trazer seus homens para cá; doze viagens, você não precisará de mais de quatro turnos diários. Agora, aja de acordo com essas ordens e acabe com isso. — Clic, fora do ar... foi medo de continuar discutindo com ele.

No final, ficou preocupado que pudessem na verdade enviar os três gafanhotos para destruir a Base de Nova Java, pois, tecnicamente, ele estava desobedecendo ordens e o velho Dongh não era tolerante com elementos independentes. Basta ver como ele já tinha descontado em Davidson por causa daquele pequeno ataque de represália a Smith. A iniciativa era punida. O que Ding Dong gostava era de submissão, como a maioria dos oficiais. O perigo disso é que podia fazer o próprio oficial se tornar submisso. Por fim, Davidson percebeu, com verdadeiro choque, que os gafanhotos não eram nenhuma ameaça para ele, porque Dongh, Sereng, Gosse e até Benton *estavam com medo* de enviá-los. Os creechies ordenaram que mantivessem os helicópteros dentro da Reserva Humana e eles estavam obedecendo às ordens.

Jesus Cristo, aquilo o enojava. Estava na hora de agir. Já fazia quase duas semanas que estavam por ali, esperando. Ele mantinha a base bem protegida; eles haviam reforçado a paliçada e aumentado sua altura, de modo que os homens-macaco verdes não poderiam passar por cima; e aquele garoto inteligente, Aabi, fizera várias minas terrestres caseiras e as semeara em volta de toda a paliçada em um cinturão de cem metros. Agora era hora de mostrar aos creechies que eles podiam intimidar aquelas ovelhinhas de Central, mas em Nova Java era com homens que precisariam lidar. Ele levantou voo com o gafanhoto e com ele guiou um pelotão de infantaria de quinze homens até uma toca de creechies ao sul da base. Tinha aprendido a identificar aquelas coisas do ar; os indicadores eram os arvoredos, concentrações de certos tipos de árvore, embora não fossem plantadas em fileiras, como os humanos fariam. Uma vez que alguém aprendesse a identificá-las, era inacreditável o número de tocas que encontrava no local. A floresta estava lotada daquelas coisas. O grupo de ataque tinha incendiado aquela toca manualmente, e depois, enquanto voava de volta com dois de seus rapazes, avistou outra, a menos de quatro quilômetros da base. Naquela, apenas para deixar sua assinatura bem clara e direta para que todos a reconhecessem, ele jogou uma bomba. Só uma bomba incendiária, não das grandes, mas aquela belezinha fez pelo verde voar de verdade. E deixou na floresta um grande buraco com as bordas em chamas.

Aquela era, obviamente, sua verdadeira arma quando se tratava de planejar uma grande retaliação. Queimada na floresta. Ele poderia atear fogo em uma daquelas ilhas inteira com bombas e gel incendiário lançados do gafanhoto. Teria de esperar um ou dois meses até que a estação das chuvas acabasse. Será que deveria incendiar King, Smith ou Central? Talvez King em primeiro lugar, já que lá não havia restado nenhum humano lá. Depois, Central, se eles não andassem na linha.

— O que está tentando fazer? — disse a voz no rádio, tão aflita que o fez sorrir; parecia a de uma velha sendo assaltada. — Você sabe o que está fazendo, Davidson?

— Sim.

— Você acha que vai dominar os creechies? — Dessa vez não era Juju, podia ser aquele mandão do Gosse, ou qualquer um deles. Não fazia diferença, todos eles falavam balindo, "baa".

— Sim, correto — ele falou com uma tranquilidade irônica.

— Você pensa que, se continuar incendiando aldeias, eles irão até você e vão se render... três milhões deles. Certo?

— Talvez.

— Escute, Davidson — disse o rádio depois de um tempo chiando e zumbindo; eles estavam usando algum tipo de equipamento de emergência por ter perdido o grande transmissor junto com aquela droga de ansível que não fazia bem algum.
— Escute, ficou mais alguém lá com quem podemos conversar?
— Não, eles estão bem ocupados. Digamos que estamos passando bem aqui, mas sem as coisas para a sobremesa, você sabe, coquetel de frutas, pêssegos, essas porcarias. Alguns dos colegas realmente sentem falta. E estávamos esperando um carregamento de Maria Joana quando vocês, companheiros, foram atacados. Se eu mandasse o gafanhoto, vocês poderiam guardar para nós umas cestas de coisas doces e erva?
Uma pausa.
— Sim, mande-o de volta.
— Ótimo. Coloque o material em uma rede e os rapazes podem içá-lo sem pousar.
Ele sorriu.
Houve alvoroço do lado de Central e, de repente, Dongh estava na linha, era a primeira vez que ele falava com Davidson. Parecia fraco e sem fôlego na onda curta cheia de chiados.
— Ouça, capitão, quero saber se você tem plena compreensão do tipo de medida que seus atos em Nova Java estão me forçando a tomar, caso continue a desobedecer às ordens. Estou tentando chamá-lo à razão como um soldado sensato e leal. Para garantir a segurança do meu pessoal aqui em Central, serei forçado a dizer aos nativos daqui que não podemos assumir absolutamente nenhuma responsabilidade por suas ações.
— Está correto, senhor.
— O que estou tentando deixar claro para você é que isso significa que vamos ser colocados na posição de ter que dizer a eles que não podemos impedi-lo de interromper a trégua aí em Java. Seu pessoal aí é de 66 homens, está correto? Bem, quero

esses homens sãos e salvos aqui em Central conosco para aguardar a *Shackleton* e manter a colônia unida. Você está em rota suicida e sou responsável por esses homens que estão aí com você.

— Não, não é, senhor. Eu sou. O senhor apenas relaxe. Porém, quando avistar a selva ardendo, levante-se e saia do meio de uma das Faixas, porque não queremos assar vocês junto com os creechies.

— Agora ouça, Davidson, ordeno que entregue o comando ao tenente Temba imediatamente e se apresente a mim aqui — disse a voz queixosa e distante, e Davidson de repente desligou o rádio, revoltado. Eles estavam todos loucos, brincando de ainda serem soldados, batendo em retirada da realidade. Na verdade, havia muito poucos homens que podiam encarar a realidade quando as coisas ficavam difíceis.

Como ele esperava, os creechies locais não fizeram absolutamente nada quanto aos ataques às tocas. A única maneira de lidar com eles, como soube desde o início, era aterrorizá-los e nunca lhes dar trégua. Se fizesse isso, eles entenderiam quem era o chefe e cederiam. Muitas das aldeias em um raio de trinta quilômetros pareciam abandonadas agora que chegava até elas, mas manteve seus homens saindo para incendiá-las de poucos em poucos dias.

Os companheiros estavam ficando apreensivos. Ele os mantinha cortando madeira, já que era isso que 48 dos 55 sobreviventes leais faziam, eram lenhadores. Mas eles sabiam que os robôs-cargueiros da Terra não seriam trazidos para carregar a madeira, e continuariam vindo e circundando em órbita, esperando pelo sinal que não vinha. Não adiantava cortar árvores apenas por cortar; aquilo era trabalho duro. Mais valeria queimá-las. Ele treinava os homens em equipes, desenvolvendo técnicas para iniciar incêndios. Ainda estava chuvoso demais para que fizessem muita coisa, mas aquilo mantinha as mentes ocupadas.

Se tivesse os outros três gafanhotos, seria realmente capaz de fazer ataques-relâmpago. Ele considerou uma incursão em Central para apreender os helicópteros, mas ainda não tinha mencionado essa ideia nem para Aabi e Temba, seus melhores homens. Alguns dos rapazes ficariam com medo diante da ideia de uma incursão armada contra o próprio QG. Eles continuavam falando sobre "quando voltarmos a nos juntar aos outros". Não sabiam que os outros os tinham abandonado, traído, vendido sua pele para os creechies. Ele não lhes contou aquilo, não aguentariam.

Algum dia ele, Aabi, Temba e outro homem bom e responsável iriam simplesmente se apoderar do gafanhoto, depois três deles iriam saltar com metralhadoras, pegar um gafanhoto para cada e, então, voltar para casa, voltar para casa, chict choc. Com quatro bons liquidificadores para bater os ovos. Não se faz uma omelete sem bater os ovos. Na escuridão de seu bangalô, Davidson riu alto. Manteve aquele plano em segredo só mais algum tempo, porque pensar naquilo o divertia demais...

Passadas mais duas semanas, eles tinham praticamente liquidado com as tocas de creechies que podiam alcançar a pé e a floresta estava limpa e arrumada. Sem pragas. Sem lufadas de fumaça acima das árvores. Sem ninguém saltando dos arbustos e se estatelando no chão de olhos fechados, esperando você dar um pisão. Sem homenzinhos verdes. Apenas uma bagunça de árvores e alguns lugares queimados. Os rapazes estavam ficando realmente tensos e cruéis, estava na hora da incursão de helicóptero. Uma noite, Davidson contou seu plano para Aabi, Temba e Post.

Por um instante, nenhum deles falou nada, depois Aabi disse.

— E o combustível, capitão?

— Temos combustível suficiente.

— Não para quatro gafanhotos, não duraria uma semana.

— Você quer dizer que só temos suprimento para este por um mês?

Aabi assentiu.

— Bem, então parece que também pegaremos um pouco de combustível.

— Como?

— Usem a cabeça de vocês para resolver isso.

Todos eles ficaram ali parecendo estúpidos. Isso o irritou. Esperavam tudo dele. Era um líder natural, mas também gostava de homens que pensassem por si.

— Resolva isso, é sua função, Aabi — ele falou e saiu para fumar, farto da maneira como todos agiam, como se tivessem perdido a coragem. Eles simplesmente não conseguiam enfrentar a dura e fria realidade.

Agora, tinham pouca Maria Joana e Davidson não fumava um havia uns dois dias. Aquilo não melhorava as coisas para ele. A noite estava nublada e escura, úmida, quente e cheirando a primavera. Ngenene passou andando como um patinador no gelo, ou parecendo quase um robô na esteira; ele se virou devagar em seu passo deslizante e olhou para Davidson, que estava na varanda do bangalô, sob a luz fraca que passava pela porta. Ele era um operador de motosserra, um homem enorme.

— A fonte da minha energia está ligada ao Grande Gerador, não posso ser desligado — afirmou, em tom constante, olhando para Davidson.

— Vá para seu alojamento e durma! — disse Davidson com uma chicotada na voz que ninguém jamais desobedecera e, depois de um instante, Ngenene deslizou com cuidado, vagaroso e gracioso. Muitos dos homens estavam usando cada vez mais alucinógenos e cada vez mais pesados. Havia o bastante, mas a substância era para o relaxamento dos lenhadores aos domingos, não para soldados de um posto avançado minúsculo abandonado em um mundo hostil. Eles não tinham tempo para ficar chapados, para sonhar. Teria que trancafiar aquelas coisas. E então, alguns dos rapazes poderiam desmoronar. Que desmoronassem. Não se pode fazer uma omelete sem quebrar os ovos. Talvez ele pudesse enviá-los de volta a Central em troca de um pouco de combustível. Vocês me dão dois, três tanques de gasolina e eu dou dois, três corpos quentes, soldados leais, bons lenhadores, exatamente o tipo de vocês, um pouco perdidos na terra dos sonhos...

Ele sorriu e estava voltando para pôr essa ideia à prova com Temba e os outros, quando o vigia postado na chaminé da serraria gritou.

— Eles estão vindo! — ele berrou, como uma criança brincando de africanos e rodesianos. No lado oeste da paliçada, outra pessoa também começou a gritar. Uma arma disparou.

E eles vieram. Jesus, eles vieram. Era incrível. Havia milhares deles, milhares. Nenhum som, absolutamente nenhum ruído até aquele berro do vigia e, então, um tiro; depois uma explosão (uma mina terrestre detonando) e outra, e depois outra, e centenas e centenas de tochas acendendo umas às outras e sendo lançadas para o alto, cruzando o ar úmido e sombrio, como foguetes, e os muros da paliçada ganhando vida com creechies afluindo, afluindo, empurrando, formigando, milhares deles. Era como um exército de ratos que Davidson tinha visto uma vez quando era criança, durante a última Fome, nas ruas de Cleveland, Ohio, onde crescera. Alguma coisa tinha expulsado os ratos de suas tocas e eles surgiram, à luz do dia, fervilhando por cima do muro, um cobertor pulsante de pelos e olhos, patinhas e dentes, e ele gritara por sua mãe e correra como um louco, ou aquilo era apenas um sonho que tivera quando criança? Era importante manter a calma. O gafanhoto estava estacionado no curral de creechies; ainda estava escuro daquele lado e ele chegou ali imediatamente. O portão estava trancado, sempre o mantinha trancado, caso um dos maricas tivesse a ideia de voar até o Papai Ding Dong em uma noite escura. Tirar a chave, encaixá-la na fechadura e girá-la para a direita pareceu demorar muito tempo, mas era apenas uma questão de manter a calma, e então demorou muito para correr até o gafanhoto e destrancá-lo. Post e Aabi estavam com ele agora. Por fim, ouviu-se o chacoalhão dos rotores, batendo ovos, encobrindo todos os barulhos estranhos, as vozes altas gritando, berrando e cantando. Eles subiram e o inferno desapareceu aos poucos abaixo deles: um curral cheio de ratos, queimando.

— É preciso cabeça fria para avaliar rapidamente uma situação emergencial — disse Davidson. — Homens, vocês pensaram rápido e agiram rápido. Bom trabalho. Onde está o Temba?

— Levou uma lança na barriga — respondeu Post.

Aabi, o piloto, parecia querer comandar o gafanhoto, então Davidson deixou. Foi para um dos bancos traseiros e se recostou, deixando seus músculos relaxarem. A floresta ondulava abaixo deles, a escuridão na escuridão.

— Para onde você está indo, Aabi?

— Central.

— Não. Não queremos ir para Central.

— Para onde queremos ir? — Aabi disse com uma risadinha feminina. — Nova York? Pequim?

— Apenas nos mantenha no alto por um tempo, Aabi, e circunde a base. Grandes círculos. A uma distância que não sejamos ouvidos.

— Capitão, agora não existe mais nenhuma Base de Java — disse Post, capataz da equipe de lenhadores, um homem atarracado e sólido.

— Quando os creechies acabarem de queimar a base, entraremos e os queimaremos. Deve haver quatro mil deles ali, todos em um só lugar. Há seis lança-chamas na parte de trás deste gafanhoto. Vamos dar a eles cerca de vinte minutos. Comece com as bombas de gel incendiário e depois pegue aquelas que são usadas pelo lança-chamas.

— Meu Deus — disse Aabi com violência — alguns de nossos homens podem estar lá, os creechies podem ter feito prisioneiros, não sabemos. Não vou voltar lá e correr o risco de queimar humanos. — Ele não deu meia-volta no veículo.

Davidson encostou o cano do revólver na parte de trás do crânio de Aabi e disse:

— Sim, nós vamos voltar; então se prepare, querido, e não crie muitos problemas.

— Há combustível suficiente no tanque para nos levar a Central, capitão — o piloto falou. Ele continuou tentando desviar a cabeça do contato com a arma, como se uma mosca o incomodasse. — Mas é tudo. É tudo o que temos.

— Então, teremos muita milhagem com isso. Vire-o, Aabi.

— Acho melhor seguirmos para a Central, capitão — disse Post, com sua voz firme, e essa união contra Davidson o enfureceu tanto que, invertendo a arma em sua mão, ele atacou rápido como uma cobra e golpeou Post acima da orelha com o cabo. O lenhador apenas se dobrou sobre si mesmo, como um cartão de Natal, e ficou sentado ali no banco da frente com a cabeça entre os joelhos e as mãos penduradas em direção ao chão.

— Vire, Aabi — disse Davidson, com a chicotada em sua voz. O helicóptero deu meia-volta, formando um amplo arco.

— Inferno, onde é a base? Nunca peguei esse gafanhoto à noite sem nenhuma sinalização que me guiasse — falou Aabi, parecendo estúpido e fungando, como se tivesse um resfriado.

— Vá para o leste e procure o fogo — retrucou Davidson, frio e calmo. Nenhum deles tinha qualquer capacidade real de resistir, nem mesmo Temba. Nenhum deles o apoiou quando a situação ficou difícil de verdade. Cedo ou tarde, todos se uniriam contra ele, simplesmente porque não conseguiam aguentar como ele conseguia. Os fracos conspiram contra os fortes, o homem forte tem de ser independente e cuidar de si. As coisas simplesmente eram assim. Onde estava a base?

Eles deveriam conseguir avistar as construções em chamas a quilômetros naquela escuridão vazia, mesmo com chuva. Nada apareceu. Céu preto-acinzentado, chão preto. As chamas deviam ter se extinguido. Foram apagadas. Será que os humanos poderiam ter afugentado os creechies? Depois que ele escapou? Aquele pensamento foi como um jato de água fria em sua mente. Não, óbvio que não, não sendo cinquenta contra milhares. Mas, por Deus, de qualquer maneira, devia haver um monte de pedaços de creechies espalhados nos campos minados. Só que eles vieram em um número tão grande. Nada poderia ter detido todos eles. Não poderia ter se preparado para aquilo. De onde eles vieram? Não havia nenhum creechie em parte alguma da floresta havia dias. Eles deviam ter vindo de algum lugar, de todas as direções, esgueirando-se pela floresta, saindo de suas tocas como ratos. Assim, não havia como deter milhares e milhares deles. Onde, diabos, estava a base? Aabi estava trapaceando, simulando a rota.

— Encontre a base, Aabi — disse ele em voz baixa.

— Pelo amor de Deus, estou tentando — respondeu o rapaz.

Dobrado sobre si ao lado do piloto, Post não se mexia.

— Ela não pode ter simplesmente desaparecido, pode, Aabi? Você tem sete minutos para encontrá-la.

— Encontre você — disse Aabi, em tom estridente e carrancudo.

— Não até que você e Post entrem na linha, querido. Desça mais um pouco.

Depois de um minuto, Aabi disse:

— Parece o rio.

Havia um rio e uma grande clareira; mas onde estava a Base de Java? Ela não apareceu quando sobrevoaram a clareira na direção norte.

— Deve ser aqui, não há nenhuma outra grande clareira — disse Aabi, voltando para a área sem árvores.

Os faróis de pouso cintilavam, mas não se enxergava nada além dos cones de luz; seria melhor apagá-los. Davidson esticou o braço acima do ombro do piloto e os apagou. A escuridão vazia e úmida era como se toalhas pretas batessem em seus olhos.

— Pelo amor de Deus! — gritou Aabi e acendeu os faróis novamente, virou o gafanhoto para a esquerda e para cima, mas não rápido o suficiente. Árvores se debruçavam, imensas, para fora da noite e se chocaram com a máquina.

As hélices gritaram, lançando folhas e galhos em um ciclone pela rota cintilante das luzes, mas os troncos eram muito antigos e fortes. A pequena máquina alada despencou, pareceu dar um salto e se libertar, mas caiu de lado entre as árvores. As luzes se apagaram. O barulho parou.

— Não me sinto muito bem — disse Davidson. E repetiu. Depois, parou de dizer aquilo, pois não havia ninguém a quem dizer. Então, percebeu que não tinha dito nada. Ele se sentia atordoado. Devia ter batido a cabeça. E Aabi não estava ali. Onde estava? Aquele era o gafanhoto. Estava todo retorcido, mas ele ainda estava em seu assento. A escuridão era tanta que era como estar cego. Tateou ao redor e então encontrou Post, inerte, ainda dobrado, comprimido entre o assento da frente e o painel de controle. O gafanhoto tremia sempre que Davidson se mexia e acabou descobrindo que não estava no chão, mas preso entre as árvores, enroscado como uma pipa. Sua cabeça estava melhor e, cada vez mais, ele queria sair da cabine escura e inclinada. Contorceu-se até o assento do piloto e conseguiu estender as pernas, pendurando-as ao lado das mãos, mas não conseguia sentir o chão, apenas galhos raspando as pernas pendentes. Por fim, ele se soltou, sem saber de que altura cairia; precisava sair daquela cabine. Foram apenas alguns metros até o solo. Isso chacoalhou sua cabeça, mas ele se sentiu melhor ficando em pé. Se ao menos não estivesse tão escuro, tão preto. Ele tinha uma lanterna no cinto, sempre carregava uma à noite pela base. Mas ela não estava ali. Aquilo era estranho. Devia ter caído. Era melhor voltar para pegá-la. Talvez Aabi a tivesse pegado. Aabi tinha batido o gafanhoto intencionalmente, pegado a lanterna de Davidson e fugido. O filho da puta bajulador era como todos os outros. A atmosfera era sombria e cheia de umidade, e não era possível distinguir onde colocar os pés; era tudo raízes, arbustos e confusão. Havia ruídos por toda parte, água gotejando, folhas farfalhando, barulhinhos, criaturinhas se esgueirando no escuro. Era melhor subir outra vez no gafanhoto e pegar a lanterna. Mas ele não conseguia ver um meio de subir de novo. A borda inferior da porta estava fora do alcance de seus dedos.

Havia uma luz, um lampejo que aparecia e desaparecia entre as árvores. Aabi pegara a lanterna e saíra para fazer um reconhecimento, se orientar, garoto esperto.

— Aabi! — Davidson chamou em um sussurro pungente. Enquanto tentava avistar a luz entre as árvores outra vez, ele pisou em algo estranho. Com a bota, deu um chute na coisa, depois, cuidadoso, colocou a mão, pois não era prudente tatear algo que não se podia ver. Era molhado, liso, como um rato morto. Ele tirou a mão depressa. Depois de um tempo, tateou em outro lugar: era uma bota, ele conseguiu sentir os cruzamentos dos cadarços. Devia ser Aabi ali deitado sob seus pés. Fora jogado para fora da cabine na queda. Bem, ele merecera, com seu truque de Judas, tentando fugir para Central. Davidson não gostou da sensação das roupas e dos cabelos molhados e invisíveis. Ele se endireitou. Viu a luz outra vez, obstruída pela escuridão dos troncos de árvores próximas e distantes, uma cintilação que se movia ao longe.

Davidson colocou a mão no coldre. O revólver não estava nele. Ele o levara na mão, caso Post ou Aabi se comportassem mal. Agora não estava com ele. Devia estar no gafanhoto com sua lanterna.

Ele ficou agachado, imóvel; então, de repente, começou a correr. Não conseguia enxergar para onde estava indo. Troncos de árvores o jogavam de um lado para outro enquanto ele os atropelava e tropeçava nas raízes a seus pés. Caiu de corpo inteiro, despencando entre arbustos. Apoiando-se nas mãos e nos joelhos, tentou se esconder. Galhos nus e molhados se arrastavam e roçavam seu rosto. Ele se contorceu ainda mais no meio da vegetação. Seu cérebro estava inteiramente ocupado com os cheiros complexos de plantas apodrecendo e crescendo, folhas mortas, decadência, brotos jovens, frondes, flores, os cheiros da noite, da primavera e da chuva. A luz o iluminou. Ele viu os creechies.

Lembrou-se do que eles faziam quando encurralados e do que Lyubov havia dito sobre aquilo. Virou-se de costas e se deitou com a cabeça inclinada para trás, de olhos fechados. Seu coração trepidava dentro do peito.

Nada aconteceu.

Foi difícil abrir os olhos, mas ele, enfim, conseguiu. Eles simplesmente ficaram ali: muitos deles, dez ou vinte. Carregavam aquelas lanças que usavam para caçar, coisinhas que pareciam brinquedos, mas as lâminas de ferro eram afiadas, poderiam atravessar suas entranhas. Ele fechou os olhos e continuou deitado ali.

E nada aconteceu.

Seu coração se acalmou e parecia que ele conseguia raciocinar melhor. Algo se agitou dentro de si, algo que era quase como um riso. Deus, eles não conseguiam acabar com ele! Se seus próprios homens o traíram e a inteligência humana não podia fazer mais nada por ele, então usaria o truque dos creechies contra eles mesmos: se fingiria de morto e desencadearia aquele reflexo instintivo que os impedia de matar qualquer um que assumisse aquela posição. Eles apenas ficaram em volta dele, murmurando uns para os outros. *Não podiam feri-lo*. Era como se ele fosse um deus.

— Davidson.

Ele teve de abrir os olhos outra vez. A chama de resina carregada pelo creechie ainda queimava, mas tinha empalidecido e agora a floresta estava cinza-escura, não escura como breu. Como isso acontecera? Apenas cinco ou dez minutos tinham se passado. Ainda era difícil de enxergar, mas já não era noite. Ele conseguia ver as folhas e galhos, a floresta. Via o rosto que o observava de cima. Um rosto sem cor naquela claridade sem tom do amanhecer. Os traços cobertos de cicatrizes pareciam os de um homem. Os olhos eram orifícios escuros.

— Deixe que eu me levante — disse Davidson de repente, em uma voz alta e rouca. Ele estava tremendo de frio por estar deitado no chão molhado. Não podia ficar deitado ali com Selver olhando para ele.

Ele estava de mãos vazias, mas muitos dos diabinhos ao redor não apenas tinham lanças, como revólveres. Roubados de seu depósito na base. Davidson ficou em pé com dificuldade. Suas roupas estavam grudadas nos ombros e na parte de trás das pernas, geladas, e ele não conseguia parar de tremer.

— Acabe com isso — disse ele. — Vamos-ande-logo!

Selver apenas o observou. Ao menos agora ele tinha de olhar para cima, bem alto, para encarar Davidson.

— Você quer que eu o mate agora? — ele perguntou. Tinha aprendido a falar daquele jeito com Lyubov, obviamente; até sua voz poderia ter sido a de Lyubov falando. Era inquietante.

— A escolha é minha, não é?

— Bem, você ficou a noite toda deitado de um jeito que significa que você queria que o deixássemos viver; agora quer morrer?

A dor em sua cabeça e em sua barriga e seu ódio daquela pequena aberração que falava como Lyubov e o colocava à própria mercê, a combinação de dor e ódio revolveram seu estômago, ele sentiu náuseas e estava quase a ponto de vomitar. Ele tremia de frio e náusea. Tentou se agarrar à sua coragem. De repente, deu um passo à frente e cuspiu no rosto de Selver.

Houve um pequeno intervalo e, então, Selver, com um movimento que era uma espécie de dança, cuspiu de volta. E riu. Não fez nenhum movimento para matar Davidson. O capitão limpou a saliva fria dos lábios.

— Olhe, capitão Davidson — disse o creechie naquela voz baixa e calma que deixava Davidson zonzo e nauseado. — Nós dois somos deuses, você e eu. Você é um deus louco e não tenho certeza se também sou ou não. Mas nós somos deuses. Nunca haverá, na floresta, outro encontro como este de agora, entre nós. Trazemos dádivas um para o outro, como os deuses fazem. Você me deu uma dádiva: matar a espécie de alguém, assassinar. Agora, fazendo o melhor que posso, dou-lhe a dádiva do meu povo, que é não matar. Acho que cada um de nós considera a dádiva do outro pesada demais. No entanto, você deve carregá-la sozinho. Seu pessoal em Eshsen me disse que, se eu o levasse para lá, teriam de julgá-lo e matá-lo, está na lei deles fazer isso. Então, desejando lhe dar a vida, não posso levá-lo a Eshsen com os outros prisioneiros e não posso deixar você vagar pela floresta, para que não cause muitos danos. Por isso, será tratado como um de nós quando enlouquecemos. Será levado para Rendlep, onde não mora mais ninguém, e será deixado lá.

Davidson olhava o creechie fixamente, não conseguia tirar os olhos dele. Era como se a criatura tivesse algum poder hipnótico. Não conseguia suportar aquilo. Ninguém tinha nenhum poder sobre ele. Ninguém poderia machucá-lo.

— Eu deveria ter quebrado seu pescoço logo de cara naquele dia que você tentou me atacar — disse ele, ainda com a voz rouca e grave.

— Talvez tivesse sido melhor — respondeu Selver. — Mas Lyubov impediu você. Como ele agora me impede de matá-lo. Agora, toda a matança acabou. E o corte de árvores. Não há árvores para cortar em Rendlep. É o lugar que vocês chamam de Ilha da Desova. Seu pessoal não deixou árvores lá, então você não pode fazer um barco e sair navegando. Nada mais cresce lá, então teremos de levar comida e lenha para você queimar. Não há nada para matar em Rendlep. Não há árvores, não há pessoas. Havia árvores e pessoas, mas agora existem apenas os sonhos delas; me parece um lugar adequado para você viver, já que você deve viver. Pode aprender a sonhar lá, mas é mais provável que persista em sua loucura até seu devido fim.

— Mate-me agora e pare com essa maldita vanglória.

— Matar você? — Selver disse, e seus olhos, que olhavam para cima, para Davidson, pareceram brilhar, muito límpidos e terríveis, na claridade da floresta. — Não posso matar você, Davidson. Você é um deus. Você precisa fazer isso sozinho.

Ele se virou e se afastou, leve e rápido, desaparecendo entre as árvores cinza com poucos passos.

Um nó corrediço deslizou pela cabeça de Davidson e apertou um pouco seu pescoço. Pequenas lanças se aproximaram de suas costas e laterais. Não tentaram machucá-lo. Ele poderia escapar, fugir, não ousavam matá-lo. As lâminas eram polidas, em formato de folha, afiadas como navalhas. O laço puxou seu pescoço com gentileza. Ele seguiu para onde o levaram.

Selver não via Lyubov havia muito tempo. Aquele sonho o acompanhara até Rieshwel. E estivera com ele na última vez que falara com Davidson. Então, desaparecera, e talvez agora dormisse no túmulo da morte de Lyubov em Eshsen, pois nunca surgira para Selver na cidade de Broter, onde ele agora morava.

Mas quando a grande nave retornou e ele foi para Eshsen, Lyubov o encontrou lá. Ele estava calado e frágil, muito triste, de modo que a velha tristeza despertou em Selver.

Lyubov ficou com ele, como uma sombra em sua mente, mesmo quando Selver encontrou os yumanos da nave. Aquelas eram pessoas de poder, eram muito diferentes de todos os yumanos que conhecia, exceto seu amigo, mas eram homens mais fortes do que Lyubov fora.

Sua fala yumana estava enferrujada e, no início, deixou que eles falassem a maior parte do tempo. Quando estava bem seguro do tipo de pessoa que eram, ele lhes apresentou a caixa pesada que trouxera de Broter.

— Aí dentro está o trabalho de Lyubov — ele disse, procurando as palavras. — Ele sabia mais sobre nós do que os outros. Aprendeu minha língua e a Língua dos Homens; nós registramos tudo isso por escrito. Ele compreendeu um pouco sobre como vivemos e sonhamos. Os outros não. Vou lhes dar o trabalho, se vocês o levarem para o lugar que ele desejou.

O yumano alto, de pele branca, Lepennon, pareceu contente e agradeceu a Selver, dizendo-lhe que os papéis seriam levados de fato para onde Lyubov desejara e seriam altamente valorizados. Isso agradou Selver. Mas tinha sido doloroso falar o nome do amigo em voz alta, pois o rosto de Lyubov ainda carregava uma tristeza amarga quando, em sua mente, se virou para olhá-lo. Ele se afastou um pouco dos yumanos e os observou. Dongh, Gosse e outros de Eshsen estavam ali junto com os cinco da nave. Os novos pareciam limpos e polidos como ferro novo. Os velhos tinham deixado o cabelo crescer em seus rostos e pareciam um pouco com enormes athsheanos de pelo preto. Eles ainda usavam roupas, mas roupas velhas que não eram mantidas limpas. Não eram magros, exceto pelo Ancião, que estava doente desde a Noite de Eshsen; mas todos se pareciam um pouco com homens perdidos ou loucos.

Aquele encontro aconteceu na fronteira da floresta, na zona onde, por tácito acordo, nem o povo da floresta nem os yumanos tinham construído moradias ou acampado nos últimos anos. Selver e seus companheiros se instalaram sob a sombra de um grande freixo que se destacava, isolado, dos limites da selva. Suas bagas ainda eram apenas pequenos nós verdes grudados nos galhos, suas folhas eram longas e macias, escorregadias, de um verde estival. A luz sob a grande árvore era suave, complexa, com sombras.

Os yumanos confabulavam, iam e vinham e, por fim, um deles foi até o freixo. Era o mais objetivo da nave, o comandante.

Ele se agachou sobre os calcanhares perto de Selver, sem pedir permissão, mas sem qualquer intenção evidente de ser rude. Ele disse:

— Podemos conversar um pouco?

— Certamente.

— Vocês sabem que levaremos todos os terranos conosco. Trouxemos uma segunda nave para transportá-los. Seu mundo não será mais usado como colônia.

— Essa foi a mensagem que ouvi em Broter, quando vocês chegaram, três dias atrás.

— Eu queria ter certeza de que vocês entendem que esse é um acordo permanente. Nós não vamos voltar. Seu mundo foi colocado sob a Proibição da Liga. O que isso significa, nos seus termos, é o seguinte: posso lhes prometer que não virá ninguém aqui cortar as árvores ou tomar suas terras, enquanto a Liga perdurar.

— Nenhum de vocês nunca mais vai voltar — disse Selver, entre afirmação e pergunta.

— Não por cinco gerações. Nenhum. Depois, talvez, alguns homens, dez ou vinte, não mais que vinte, podem vir falar com seu povo e estudar seu mundo, como alguns dos homens estavam fazendo aqui.

— Os cientistas, os entendidos — disse Selver. Ele refletiu.
— Seu povo decide as coisas de uma só vez — falou, novamente entre afirmação e pergunta.

— Como assim? — O comandante parecia cauteloso.

— Bem, você diz que nenhum de vocês cortará as árvores de Athshe; e todos param. E ainda assim vocês vivem em muitos lugares. Agora, se uma chefe desse uma ordem em Karach, a orientação não seria obedecida pelo povo da aldeia seguinte, certamente não seria obedecida por todas as pessoas do mundo ao mesmo tempo...

— Não, porque vocês não têm um governo em geral. Mas nós, agora, temos e garanto que as ordens dadas são obedecidas. Por todos nós, imediatamente. Mas, na verdade, pela história que nos foi contada pelos colonos daqui, parece que quando *você*, Selver, deu uma ordem, ela foi obedecida por todos em todas as ilhas de uma vez. Como conseguiu isso?

— Naquela época eu era um deus — disse Selver, sem expressividade.

Depois que o comandante o deixou, o homem branco e alto veio caminhando e perguntou se podia se sentar à sombra da árvore. Esse tinha tato e extrema inteligência. Selver ficou perturbado diante dele. Como Lyubov, este era gentil, compreensivo, e ainda assim estava totalmente além da compreensão. Pois os mais gentis entre eles eram tão inalcançáveis, tão inacessíveis, quanto os mais cruéis. Era por isso que a presença de Lyubov em sua mente continuava sendo dolorosa, enquanto os sonhos nos quais via e tocava sua esposa morta, Thele, eram valiosos e cheios de paz.

— Quando eu estive aqui antes — disse Lepennon — conheci um homem chamado Raj Lyubov. Tive pouquíssimas oportunidades de conversar com ele, mas lembro-me do que ele falou e, desde então, tive tempo de ler alguns dos estudos dele sobre o seu povo. O trabalho dele, como você diz. É por causa desse trabalho que agora Athshe está livre da colônia terrana. Acho que essa liberdade tinha se tornado o sentido da vida de Lyubov. Você, sendo amigo dele, perceberá que a morte não o impediu de atingir seu objetivo, de terminar sua jornada.

Selver ficou calado. Em sua mente, a perturbação se transformou em medo. Aquele homem falava como um Grande Sonhador.

Ele não deu nenhuma resposta.

— Você pode me dizer uma coisa, Selver? Caso a pergunta não ofenda você. Não haverá mais perguntas depois disso...

Houve os assassinatos na Base de Smith, depois aqui neste lugar, Eshsen e, por fim, na Base de Nova Java, onde Davidson liderou o grupo rebelde. Isso foi tudo. Nada mais desde então... Isso é verdade? Não houve mais nenhum assassinato?

— Eu não matei Davidson.

— Isso não importa — disse Lepennon, sem entender; Selver quis dizer que Davidson não estava morto, mas Lepennon entendeu que outra pessoa o tinha matado. Aliviado por ver que o yumano podia errar, Selver não o corrigiu. — Não houve mais assassinatos, então?

— Nenhum. Eles irão contar isso a você — disse Selver, indicando, com um movimento de cabeça, o coronel e Gosse.

— Quero dizer, entre seu próprio povo. Athsheanos matando athsheanos.

Selver ficou calado.

Ele olhou para cima, para Lepennon, para aquele rosto estranho, branco como a máscara do Espírito do Freixo, que mudou ao encontrar seu olhar.

— Às vezes um deus vem — disse Selver. — Ele traz uma maneira nova de fazer alguma coisa, ou algo novo a ser feito. Um novo tipo de canto ou um novo tipo de morte. Ele traz essa coisa atravessando a ponte entre o tempo dos sonhos e o tempo do mundo. Quando faz isso, está feito. Não se pode pegar as coisas que existem no mundo e tentar levá-las de volta para o sonho, retê-las ali dentro com muros e fingimentos. Isso é loucura. O que é, é. Não adianta, agora, fingir que não sabemos como matar uns aos outros.

Lepennon colocou sua mão comprida sobre a mão de Selver, de um jeito tão rápido e gentil que Selver aceitou o toque como se a mão não fosse de um estranho. As sombras verde-douradas das folhas de freixo tremulavam sobre eles.

— Mas vocês não devem fingir que têm motivos para se matar. O assassinato não tem motivos — disse Lepennon, com o rosto tão apreensivo e triste quanto o de Lyubov. — Nós vamos embora. Dentro de dois dias teremos partido. Todos nós. Para sempre. Então as florestas de Athshe serão como antes.

Lyubov saiu das sombras da mente de Selver e falou:

— Eu estarei aqui.

— Lyubov estará aqui — disse Selver. — E Davidson estará aqui. Os dois. Talvez depois de minha morte as pessoas sejam como eram antes de eu nascer e antes de vocês virem para cá. Mas acho que não serão.